Aus Freude am Lesen

btb

Buch

Jo, die Protagonistin des Romans, hat gerade ihr Abitur gemacht. Kurz entschlossen entscheidet sie sich, zu ihrer Mutter in das südliche Land zu reisen, in dem sie mit ihrem neuen Mann lebt. 12 Jahre haben sie sich nicht gesehen, die Annäherung erweist sich als schwierig. Ganze zwei Jahre, viel länger als sie geplant hatte, bleibt Jo schließlich in dem Haus von Alois, dem schwermütigen Maler. Als dieser bei einem Autounfall stirbt und ihre Mutter sich im Blütenstaubzimmer einschließt, so, als wolle sie sich lebendig begraben, ist es Jo, die sie retten kann. Doch zu größerer Nähe kommt es nicht. Desillusioniert und abgestoßen von den Lebenslügen der Erwachsenen vollzieht Jo Schritt für Schritt die Trennung. Wie eine Schlangenhaut wirft sie die Welt ihrer Kindheit ab.

Autorin

Zoë Jenny, 1974 in Basel geboren, zählt zu den großen Nachwuchsautorinnen der deutschsprachigen Gegenwartsliteratur. Ihr fulminantes Debüt »Das Blütenstaubzimmer« wurde in zahlreiche Sprachen übersetzt und mit mehreren Preisen bedacht, darunter dem aspekte-Literaturpreis. Sie erhielt das 3sat-Stipendium beim Ingeborg-Bachmann-Wettbewerb in Klagenfurt und wurde mit dem Literaturpreis der Jürgen-Ponto-Stiftung 1997 ausgezeichnet. Zoë Jenny lebte einige Zeit in Griechenland und im Tessin, heute wohnt und arbeitet sie in Basel.

Zoë Jenny

Das Blütenstaub-zimmer

Roman

btb

Umwelthinweis:
Alle bedruckten Materialien dieses Taschenbuches
sind chlorfrei und umweltschonend.

btb Taschenbücher erscheinen im Goldmann Verlag,
einem Unternehmen der Verlagsgruppe Bertelsmann.

6. Auflage
Genehmigte Taschenbuchausgabe Oktober 1999
Copyright © Frankfurter Verlagsanstalt GmbH,
Frankfurt am Main 1997
Alle Rechte vorbehalten
Umschlaggestaltung: Design Team München unter
Verwendung einer Illustration von Anette Bertsch
Satz: IBV Satz- und Datentechnik GmbH, Berlin
RK · Herstellung: Augustin Wiesbeck
Made in Germany
ISBN 3-442-72383-3
www.btb-verlag.de

I

Als meine Mutter ein paar Straßen weiter in eine andere
Wohnung zog, blieb ich bei Vater. Das Haus, in dem wir
wohnten, roch nach feuchtem Stein. In der Waschküche
stand eine Druckmaschine, auf der mein Vater tagsüber
Bücher druckte. Immer, wenn ich vom Kindergarten nach
Hause kam, ging ich zu ihm in die Waschküche, und wir
stiegen gemeinsam in die Wohnung hinauf, wo wir unser Mittagessen kochten. Abends vor dem Einschlafen
stand er neben meinem Bett und zeichnete mit einer glü-
henden Zigarette Figuren ins Dunkel. Nachdem er mir
heiße Milch mit Honig gebracht hatte, setzte er sich an
den Tisch und begann zu schreiben. Im rhythmischen Ge-
murmel der Schreibmaschine schlief ich ein, und wenn
ich aufwachte, konnte ich durch die geöffnete Tür seinen Hinterkopf sehen, ein heller Kranz von Haaren im
Licht der Tischlampe, und die unzähligen Zigarettenstummel, die, einer neben dem anderen, wie kleine Soldaten
den Tischrand säumten.

Da die Bücher, die mein Vater verlegte, nicht gekauft
wurden, nahm er eine Stelle als Nachtfahrer an, damit er
tagsüber weiterhin die Bücher drucken konnte, die sich
erst im Keller und auf dem Dachboden und später überall
in der Wohnung stapelten.

Nachts fiel ich in einen unruhigen Schlaf, in dem die Träume zerstückelt an mir vorbeischwammen wie Papierschnipsel in einem reißenden Fluß. Dann das klirrende Geräusch, und ich war hellwach. Ich blickte an die Decke zu den Spinngeweben empor und wußte, daß mein Vater jetzt in der Küche stand und den Wasserkessel auf den Herd gesetzt hatte. Sobald das Wasser kochte, ertönte ein kurzes Pfeifen aus der Küche, und ich hörte, wie Vater den Kessel hastig vom Herd nahm. Noch während das Wasser tropfenweise durch den Filter in die Thermoskanne sickerte, zog der Geruch von Kaffee durch die Zimmer. Darauf folgten rasch gedämpfte Geräusche, ein kurzer Moment der Stille; mein Atem begann schneller zu werden, und ein Kloß formte sich in meinem Hals, der seine volle Größe erreicht hatte, wenn ich vom Bett aus sah, wie Vater, in seine Lederjacke gehüllt, leise die Wohnungstür hinter sich zuzog. Ein kaum hörbares Klack, ich wühlte mich aus der Bettdecke und stürzte ans Fenster. Langsam zählte ich eins, zwei, drei; bei sieben sah ich, wie er mit schnellen Schritten die Straße entlangging, eingetaucht in das dumpfe Gelb der Straßenlaterne; bei zehn war er stets beim Restaurant an der Ecke angelangt, wo er abbog. Nach weiteren Sekunden, in denen ich den Atem anhielt, hörte ich den Motor des Lieferwagens, der laut ansprang, sich entfernend immer leiser wurde und schließlich ganz verstummte. Dann lauschte ich in die Dunkelheit, die langsam, ein ausgehungertes Tier, aus allen Ecken kroch. In der Küche knipste ich das Licht an, setzte mich an den Tisch und umklammerte die noch warme Kaffeetasse. Suchte den Rand nach den braunen, eingetrockneten Flecken ab, das letzte Lebenszeichen, wenn er nicht mehr zurückkehrte. Allmählich erkaltete die Tasse in meinen Händen, unaufhaltsam drang die Nacht herein und breitete sich in der Wohnung aus. Sorgfältig stellte ich die Tasse hin und ging durch den schmalen hohen Gang in mein Zimmer zurück.

Vor dem Fensterrechteck, aus dem ich zuvor meinen Vater beobachtet hatte, hockte jetzt das Insekt, das mich böse anglotzte. Ich setzte mich auf die äußerste Kante des Bettes und ließ es nicht aus den Augen. Jederzeit konnte es mir ins Gesicht springen und seine knotigen, pulsierenden Beine um meinen Körper schlingen. In der Mitte des Zimmers tobten Fliegen um die Glühbirne. Ich starrte in das Licht und auf die Fliegen, und aus den Augenwinkeln beobachtete ich das Insekt, das schwarz und regungslos vor dem Fenster kauerte.

Nach und nach wickelte mich Müdigkeit ein wie warmes Fell. Ich strengte mich an, zwischen den nur noch halb geöffneten Augenlidern die einzelnen Fliegen zu unterscheiden, doch sie schlossen sich mehr und mehr zu einem in der Luft schwirrenden Kreis. Das Insekt kicherte, und ich spürte seine Fühler langsam über den Boden auf meine vom Bett hängenden Füße zukriechen. Ich rannte in die Küche und hielt den Kopf unter das kalte Wasser. Meine Blase war angeschwollen und schmerzte. Ich traute mich nicht, auf die Toilette zu gehen, die auf dem Zwischenstock lag, weil das Licht im Treppenhaus nach kurzer Zeit ausging. Ich spürte das Insekt, das sich in meinem Zimmer regte und nur darauf wartete, mich im dunklen Treppenhaus zu überfallen. In der Küche auf und ab gehend, begann ich die Lieder vor mich hin zu summen, die wir im Kindergarten gelernt hatten. Nur wenige Lieder konnte ich auswendig, weshalb ich sie immer wieder anders zusammensetzte. Mit dem Anschwellen des Schmerzes in der

Blase wurde auch meine Stimme lauter, von der ich inständig hoffte, sie trüge mich aus meinem Körper heraus. Schließlich blieb ich vor dem Küchenschrank stehen und pinkelte in ein Gefäß, das ich zwischen die Beine klemmte. Sobald das Morgenlicht durch das Küchenfenster schimmerte, zog sich das Insekt in seine ferne Welt zurück. Die Dunkelheit wurde langsam verschluckt. Erschöpft ging ich in mein Zimmer zurück und wühlte mich in die Bettdecke. Um sieben Uhr läutete das Telefon. Es war Vater, der von unterwegs anrief, um mich zu wecken.

Manchmal blieb die Nacht draußen. Im Fensterrechteck spiegelten sich dann die Köpfe, die zur Stimme von Mick Jagger hin und her wackelten. Ich saß auf den Knien einer Frau und half ihr, die Flasche mit den vier Rosen auf dem Etikett an den Mund zu setzen.

Wenn sie den Kopf lachend nach hinten warf, lief der Alkohol aus den Mundwinkeln und rann in feinen Linien über die gepuderten Wangen. Am meisten lachte sie, wenn Vater in seinem wilden Tanz, bei dem er sich mit fliegenden Armen um sich selbst drehte, über einen Stapel Papier oder Bücher stolperte; dann prustete sie den Alkohol aus ihren aufgeblasenen Backen angenehm kühl über mein Gesicht. »Willst du ein Geheimnis wissen?« fragte ich sie und nahm ihr die Flasche vom Mund.

»Ein Geheimnis?« Sie gluckste. Schob das Wort wie eine Süßigkeit im Mund herum.

»Geheimnisse mag ich«, sagte sie und drückte dem jungen Mann neben ihr einen Kuß auf die Wange.

»Komm, ich zeig dir eines«, sagte ich. Ihre Hand lag warm und willenlos in der meinen, als ich sie durch das von Büchern und Flaschen verbaute Arbeitszimmer meines Vaters führte. In meinem Zimmer ließ sie sich aufs Bett plumpsen und setzte die Flasche wieder an den Mund, während ich die Zeichnungen unter dem Kleiderschrank hervorholte.

»Was ist das?« Sie schaute mit großen wäßrigen Augen auf die schwarzen Kleckse.

»Das Insekt. Es kommt immer nachts, wenn ich alleine bin, und frißt meinen Schlaf.«

»Ahh ja?« Sie blickte mich mit gerunzelter Stirn an; ich nahm ihr die Zeichnungen aus den Händen und versteckte sie wieder unter dem Schrank.

»Glaubst du an Gott?« fragte ich.

Aber als ich mich umdrehte, war sie bereits auf den Boden gesunken, die leere Flasche im Arm. Ich beugte mich über sie und versuchte sie vorsichtig wach zu rütteln. Sie bewegte sich nicht mehr, nur ihre rosa Augendeckel zuckten aufgeregt im Schlaf. Aus dem Arbeitszimmer meines Vaters drang noch immer Musik und lautes Gelächter. Ich löschte das Licht. Heute würde sich das Insekt nicht trauen. Und falls es doch noch kommen sollte, lag neben meinem Bett ein Körper, felsig und schwer.

Eines Nachts hatte mein Vater einen Unfall. Er war am Steuer eingeschlafen und gegen einen Baum gefahren. Er hatte einen Schock erlitten und lag zwei Wochen mit Fieber im Bett. Ich steckte das Telefon aus, zog die Vorhänge vor den Fenstern zu, und wenn es an der Tür klingelte, ignorierten wir es. Sowieso nur einer, der Geld will, sagte mein Vater müde und drehte sich auf die andere Seite. Im Kindergarten meldete er mich krank; paß auf, daß dich niemand sieht, sagte er zu mir, wenn ich zum Laden an der Ecke ging, um Zigaretten und Sandwiches zu holen.

Ich schlüpfte in die zu große Windjacke, die uns mit anderen Kleidern von einem wohltätigen Amt zugeschickt worden war, zog die Kapuze über den Kopf und rannte die Straße hinunter zum Laden.

Das Tageslicht sickerte durch die gelben Vorhänge, und wenn es draußen sehr schön war, lagen matte Sonnenstreifen auf der Bettdecke. Diese Strahlen haben einen weiten Weg hinter sich, sagte Vater, sie ruhen sich jetzt bei uns aus. Ich holte Nico und Florian, meine einzigen und besten Freunde, und setzte sie in einen Sonnenstreifen. Ich glaube, sie wollen eine Reise machen, sagte ich. Nico, ein blauer Schnuller, der vom vielen Daraufherumkauen schon ganz abgewetzt war, saß auf dem rechten, Florian, ein gelber Schnuller, auf dem linken Fuß meines Vaters. In jeder Hand einen Schnuller, hüpfte ich über die Bettdecke, überquerte Täler, Berge und Seen zwischen den Stoffalten und landete schließlich auf dem Kopf meines Vaters, einem Labyrinth aus dunklen Haaren. Wir müssen nie mehr hinausgehen, sagte ich zu ihm, wir haben alles hier, die Sonne und die Berge, die Seen und die Täler. Ich ging in die Küche und in mein Zimmer und zog auch dort die Vorhänge zu. Von meinem Fenster aus sah ich die Kinder der Nachbarschaft auf den Knien am Boden herumrutschen und bunte Glaskugeln in die Vertiefung des gußeisernen Schachtdeckels rollen. Spiel mit ihnen, hatte Vater immer gesagt, wenn ich, auf dem Wäschetrockner sitzend, ganze Tage in der Waschküche verbrachte und zuschaute, wie das Papier von den Druckwalzen eingesogen und unten frisch bedruckt wieder ausgespuckt wurde. Aber ich bin nicht zu ihnen hinausgegangen, sondern habe sie vom Fenster meines Zimmers aus beobachtet. Die Mädchen kicherten schadenfroh, wenn ein Junge nicht richtig zielte, die Kugel dann auf die Straße rollte und durch ein Abflußgitter fiel. Zur Strafe wurden die Mädchen auf den Rücken gelegt, und die Jungen spuckten ihnen der Reihe nach von oben ins Gesicht. Wenn es regnete, verschwanden sie alle zusammen durch die dicke Glastür ins gegenüberliegende Haus. Die graue Fassade wurde vom Regen fast schwarz. Die erleuchteten Fenster darin waren wie friedliche kleine Inseln. Erst dann wäre ich gerne bei ihnen gewesen und beneidete sie, in einem dieser Lichter zu sein.

Eines Nachmittags beschloß ich, mit Nico und Florian eine Schiffsreise zu machen. Wir gehen auf ein Schiff, eines, wie Sindbad es hatte, erklärte ich Vater, holte alle Decken und Kissen, die ich in der Wohnung fand, baute aus ihnen einen Hügel auf seinem Bett und setzte mich in die Mitte. Vater, eine Riesenkrake, breitete seine Arme um den Deckenhügel, und das Schiff sank auf und nieder, bis es im tobenden Sturm krachend kippte und wir am Boden lagen, Kissen und Decken wild zerstreut. Wieder einmal hatten wir den Sturm besiegt. Kaum war der Sturm abgezogen, läutete es an der Tür. Eine Frau mit rotblonden Haaren stöckelte das Treppenhaus herauf, in unsere Wohnung hinein und verschwand mit meinem Vater in der Küche.

Ich sammelte die Kissen und Decken ein, unser vom Sturm zertrümmertes Schiff, und lauschte der fremden lauten Stimme hinter der geschlossenen Küchentür.

Bald darauf mietete mein Vater für die Frau ein leerstehendes Zimmer im oberen Stockwerk. Dort hatte sie auf dem Boden neben der Matratze die Bücher mit den Sternen aufgereiht. Ihr Finger fuhr über die glänzende schwarze Seite. Hier ist der Große Bär und hier der Drachen, sagte sie zu mir; aber ich sah keinen Bären und keinen Drachen; nur wild hingestreute weiße Punkte auf dunklem Grund. Wenn sie nicht mit gekreuzten Beinen und geschlossenen Augen auf der Matratze saß, hockte sie rauchend in der Küche mit Männern, die aufmerksam ihrem Gekreische zuhörten. Eliane lachte nicht; sie kreischte, und ihr Gesicht wurde rot dabei. Ich verabscheute sie, wenn sie so in der Küche saß, und auch die Männer, die mich an sich zogen und meine langen Haare berührten.

»Richtige Spaghettihaare«, sagten sie dann und grinsten.

»Laß meine Haare in Ruhe, Arschloch«, fauchte ich und riß mich los.

»Wo hat sie dieses Wort nur wieder her?« wunderten sie sich gespielt, brüllten wieder los und freuten sich an Elianes rotem Gesicht. Viel lieber sah ich sie stumm auf der Matratze in ihrem Zimmer sitzen.

»Wenn man meditiert, vergißt man alles um sich herum, man denkt nichts mehr«, sagte sie.

»Weiß man nicht einmal mehr seinen eigenen Namen?«

»Nicht einmal den, und man vergißt einfach alles, auch wo man sich im Augenblick befindet.«

»Aber wo ist man dann?«

»Im Nichts«, sagte sie ernst.

»Was ist im Nichts?«

»Muß jeder selbst rausfinden.«

Als ich zur Tür hereinkam, sah sie aus wie eine Statue. Die sonst gerötete Haut, die sich um ihre Backenknochen spannte, war bleich und wächsern. Der geschlossene Mund eine Festung, ich hätte Angst davor haben können. Aber ihre nervös zuckenden Wimpern verrieten sie. Ich hielt ihr meinen Handrücken unter die Nase und fühlte auf der Haut ihren zögernden, ängstlichen Atem.

»Ich weiß, daß du weißt, daß ich hier bin«, sagte ich. Ihre Augen schlugen auf, der Mund spitzte sich zu einer winzigen dunklen Öffnung, dann knallte sie mir eine Ohrfeige und stellte mich vor die Tür. Von da an blieb die Tür zu ihrem Zimmer verschlossen.

Als mein Vater sie schließlich geheiratet hatte, saß sie immer öfter in der Küche. Ich sah sie Orangen schälen, rauchen, bergeweise Nüsse essen. Auf dem Tisch waren immer mehrere Hügel Nußschalen, dazwischen standen Gläser und riesige überquellende Aschenbecher. Diese flogen ab und zu ins Arbeitszimmer meines Vaters. Eliane wirbelte dann ihren rotblonden Kopf herum und stapfte brüllend durch die Wohnung. Nach einem dieser Anfälle, wie Vater ihre Wutausbrüche in verständnisvollem Ton zu bezeichnen pflegte, schenkte er ihr ein Computerspiel in Taschenformat. Ein Feuerwehrmann mußte mit dem Schlauch in ein brennendes Haus eindringen und durch geschickte Sprünge den herunterfallenden Dachziegeln ausweichen. Eliane saß damit stundenlang ruhig in der Küche. Ich vergaß sie, und irgendwann war sie verschwunden. Sie hinterließ einen Slip mit blauen Blümchen und ein ausgetrocknetes Deodorant, das ich beim Wischen unter dem Küchenschrank fand. Ein Jahr später kam eine Karte. Eine Fotografie von einem weißen Sandstrand und vornübergebeugten Palmen: Gruß aus dem fröhlichen Spanien. Eliane. Ich fragte mich, ob sie jetzt vielleicht mit gekreuzten Beinen unter diesen Palmen säße und sich einbildete, nicht da zu sein.

Die Sonntage verbrachte ich bei meiner Mutter. Abends stand sie mit aufgestecktem Haar vor dem großen Spiegel und fuhrwerkte mit Stiften und Schwämmchen in ihrem Gesicht herum. Ich reichte ihr die Döschen und Fläschchen, die auf dem Fensterbrett standen, und schraubte die wertvoll aussehenden Blumen und tropfenförmigen Verschlüsse von den Parfümflaschen. Sobald der Babysitter kam, löste sie ihr Haar, das sich braun und duftend über ihrem Rücken auffächerte, und verschwand in die Nacht hinaus. Später weckte mich ihr Wimmern aus dem Schlaf, und ich tastete mich im Dunkeln zu ihrem Bett. Sie lag unter der farbigen Blumendecke, geschüttelt von mir unbegreiflichen geheimnisvollen Schmerzen. Von ihrem Gesicht sah ich nur ein Dreieck aus Nasenspitze und Mund, der Rest lag unter ihren weißen Händen begraben. Nach einer Weile schlug sie die Decke zurück, und ich kroch hinein in das salzigwarme Bett.

Einmal in der Woche holte sie mich mittags von der Schule ab. Von weitem sah ich sie neben dem Eisentor stehen, und ich rannte über den Schulhof auf sie zu. Sie nahm mich an der Hand, und wir gingen zusammen in die Stadt. In den Umkleidekabinen, die nach Schweiß und Plastik rochen, packte sie einige Kleider in die große Schultertasche, die anderen legte sie wieder in die Regale zurück. Sobald sie an der Kasse ein paar Socken oder ein T-Shirt bezahlt hatte, streichelte sie meinen Kopf, wie man frischgeborene Kätzchen streichelt, und die Verkäuferinnen, die uns durchs Schaufenster nachschauten, klatschten entzückt in die Hände. Das waren Tage, an denen es haufenweise Schokoladenkuchen gab und das Gesicht meiner Mutter weich und fröhlich war. Im Restaurant, während ich aus einem Trinkhalm meinen Sirup schlürfte, griff meine Mutter immer wieder in die Tasche, nach dem Stoff, ihr Mund stand leicht offen, und die Augen waren riesengroß, als sei es kaum zu ertragen, und ich wußte, sie war glücklich. Zu Hause entfernte sie mit der Schere die Preisetiketten von den Kleidern, hängte sie sorgfältig an den Kleiderständer und rollte ihn langsam und mit dem erhobenen Kopf einer Königin, die vor ihr Reich tritt, ins Zimmer.

Immer wieder wartete ich nach Schulschluß stundenlang vor dem Eisentor auf sie. Aber sie kam nicht mehr. Ich fragte Vater, ob mit ihr etwas geschehen sei, aber er schüttelte den Kopf und schwieg.

Doch nach einigen Wochen stand sie wieder da, küßte mich aufs Haar und hieß mich ins Auto steigen. Diesmal fuhren wir nicht in die Stadt, und ich freute mich. Sie parkte an einem Waldweg. Ich übersprang die Lücken zwischen den Zacken, die die Räder eines Traktors in die von der Hitze brüchige Erde gestoßen hatten. Das helle Kleid meiner Mutter bauschte sich wolkig um ihren Körper, und ich ahnte, daß sie gleich etwas Wichtiges sagen würde. Aber sie schwieg, den ganzen Weg, bis die Spuren des Traktors immer undeutlicher wurden und wir auf einer Wiese standen. Meine Mutter legte sich hin, ich legte mich neben sie auf die trockene Erde und spürte neben mir ihren glatten, pochenden Hals. Sie sagte, daß sie einen Mann, Alois, getroffen habe, den sie liebe, so wie sie einmal meinen Vater geliebt habe, und daß sie mit ihm fortgehen werde, für immer. Überall, wo ich hinsah, waren diese gelben und roten Blütenköpfe, die einen Duft ausströmten, der mich schwindlig und müde machte. Ich drehte mich zur Seite; das Ohr auf den Boden gepreßt, hörte ich ein Summen und Knistern, als bewege sich da etwas tief unter der Erde, während ich ihren weit entfernten Mund weiterreden sah und ihre Augen, die in den Himmel schauten, der wie eine greifbare blaue Scheibe über uns schwebte.

II

Außer ein paar ausgemergelten Katzen, die sich fauchend um die herumliegenden Abfälle streiten, sind die Gassen um die Mittagszeit leergefegt. Der Wind trägt den Geruch der von der Hitze erwärmten Pisse durch die Häuserreihen, vermischt mit dem Geruch von Desinfektionsmitteln und Tomatensauce, der aus den geöffneten Küchenfenstern dringt. Teller werden scheppernd auf Tische geknallt, die Stimme eines Kindes dringt aus einem Hauseingang.

Hinter dem Bankgebäude liegt der Park. Dort sitzen Mütter mit Thermoskannen und belegten Broten auf den Bänken und schauen ihren in den Sandkästen spielenden Kindern zu. Heute ist der Park leer, und ich gehe wie immer auf den Musikpavillon zu, in dem wahrscheinlich nie gespielt wird, auch sonntags nicht, denn er ist mit Brettern zugenagelt. Ich setze mich daneben auf eine Bank und warte, bis es Zeit ist, Lucy abzuholen.

Jeden Montag fahren wir im Bus in die Stadt, ich begleite sie zu Doktor Alberti, gehe dann hierher und warte, bis die fünfzig Minuten um sind. Fünfzig Minuten dauert die Therapiestunde; viel zu kurz, hat sich Lucy einmal beklagt, weil sie erst nach einer Dreiviertelstunde richtig in

Fahrt komme. Ich habe immer wieder versucht, mir vorzustellen, was sie dann redet, wenn sie in Fahrt ist, aber ich sehe Lucy in dem Sessel sitzen, die Arme über die Lehnen hängend und an die Wand blickend, mit geschlossenem Mund. Nicht ablehnend oder auffordernd, nur natürlich muschelhaft verschlossen, der Mund einer Stummen. Oder sagt sie ihm alles und mir nichts? Alles bekommt Doktor Alberti erzählt, ein kleiner dicker Mensch wahrscheinlich, mit schwarzen Haarbüscheln auf den Handrücken, einer, der seinen Namen und Titel auf ein Messingschild graviert hat und sich Seelenheiler nennt. Ich habe gelacht, als Lucy das Wort zum ersten Mal ausgesprochen hat, und sie gefragt, ob man eine Seele denn heilen könne, etwa wie ein gebrochenes Bein.

Ein paar Skater rollen über den Platz, die T-Shirts schlottern ihnen um die Knie, als sie um den Pavillon kurven; zwei Mädchen mit Schulranzen aus gelbem Nylon setzen sich auf eine Bank neben mir, packen ein Computerspiel aus und spielen um die Wette. Aus dem Kästchen piept und zischt es, und das Mädchen, das das Kästchen jetzt in den Händen hält, beißt mit den Zähnen auf der Unterlippe herum, während die andere auf den kleinen rechteckigen Bildschirm starrt und aufgeregt »Jetzt schießen. Schieß doch endlich!« ruft.

Der Weg zu Doktor Albertis Praxis führt in die Altstadt zu der Kirche, die seit einigen Jahren nicht mehr zugänglich ist, weil sie, wie mir Lucy gesagt hat, renoviert werden soll. Die Kirche steht erhöht oberhalb einer mächtigen Treppe, wie eine Mumie eingefaßt in ein eisernes Gerüst, das in der Mittagssonne glänzt. Auf den Stufen der Treppe sitzen junge Leute, die essen, schlafen oder teilnahmslos

18

auf den Platz hinunterblicken. Vorbei an den teuren Geschäften und einer Bank, gelange ich zu der Rolltreppe, die mich in die Unterirdische Stadt bringt. Die Unterirdische Stadt trennt die obere Stadt in zwei Teile und wird als Unterführung benutzt. Unlängst hat man hier Skelette gefunden, und seither ist die Unterirdische Stadt eine Attraktion für Touristen. Rasch gehe ich durch die schwach beleuchtete, schmale Gasse. Es riecht nach kalten Steinen, und es ist immer feucht hier unten, auch im Hochsommer. Unter einer Glasscheibe, in der Erde versenkt, ist eines der Skelette ausgestellt; der Schädel, die Beckenknochen und Splitter vom Unterschenkel liegen sorgfältig angeordnet da. Vermutlich ein achtjähriger Junge, ist der Informationstafel zu entnehmen. Am Gitter davor stehen einige Touristen und flüstern. In den unbeleuchteten Nischen treffen sich die Drogensüchtigen. Sie stellen Kerzen auf, damit sie ihre Venen besser finden. Bisweilen erkennt man ihre ausgemergelten Gesichter im flackernden Licht einer Kerze oder sieht einen Steinquader, bespickt mit Kerzenstummeln, die die Reinigungstruppe, die allabendlich durch die Unteridische Stadt zieht, vergessen hat. Ein unaufhörliches Hämmern erfüllt die Unterirdische Stadt; noch immer wird gegraben.

Am anderen Ende der Gasse bringt mich eine Rolltreppe wieder an die Oberfläche. Helligkeit und Hitze knallen auf mich herunter, so sehr, daß ich mir für einen Moment wünsche, wieder nach unten zu gehen. Oben angekommen, sehe ich als erstes das Reiterdenkmal. Fremd und unwirklich steht es neben einer dicht befahrenen Straße. Dahinter ragen die Kamine und Wohntürme in den blauen Himmel. Vor dem Reiterdenkmal sitzt ein Mädchen und spielt

Cello. Man hört das Cello nur, wenn die Ampeln auf Rot wechseln und die Autos anhalten. Sie trägt blaue, über den Knien abgeschnittene Trainingshosen und schwarze Schnürstiefel. Ihr blondgefärbtes Haar ist nachlässig hochgesteckt. Eine Brille mit großen orangefarbenen Gläsern verdeckt die Hälfte ihres Gesichtes. Ich erinnere mich, daß ich sie auch das letzte Mal hier gesehen habe, auch das vorletzte Mal und alle Male, die ich hier vorbeigegangen bin. Sie scheint nichts anderes zu tun zu haben, und ihr Anblick bleibt in meinem Kopf, bis ich bei Albertis Praxis ankomme. Aufgeregt gehe ich vor dem Haus auf und ab. Es ist immer, als hätte ich Lucy schon lange nicht mehr gesehen, weil ich mich, sosehr ich mich auch anstrenge, an ihr Gesicht nicht erinnere. Sobald sie aus der Tür tritt, begrüßen wir uns mit abgehackten Bewegungen und gehen dann schweigend nebeneinander die Straße hinunter zum Restaurant.

In dem großen, nie vollen Saal mit Spiegeln an den Wänden sitzen ein altes Paar mit einem Hund unter dem Tisch und drei Männer, die kurz aufblicken und ihr Gespräch erst weiterführen, als wir uns gesetzt haben. Lucy hat ihre langen Haare nach hinten gebürstet und zu einem Knoten zusammengebunden. Sie zündet sich eine Zigarette an und bläst den Rauch zur Seite.

»Das war's dann. Ich gehe nicht mehr hin. Ich brauch's nicht mehr.«

»Es geht dir also besser?«

»Ja verdammt, es geht mir besser. Du solltest mich nicht bemitleiden. Außerdem habe ich auch bisher dein Mitleid nicht gebraucht«, sagt sie gereizt.

»Ich bemitleide dich nicht. Aber die letzte Zeit war ziemlich ... ich möchte nur nicht, daß du dir etwas antust.«

Die Kellnerin kommt an den Tisch und bringt die Speisekarten.

Lucy legt ihre zur Seite und beugt sich vor.

»Du hast befürchtet, daß ich mich umbringen könnte?«

Ich nicke, und Lucy wirft den Kopf zurück und beginnt zu lachen. Einer der drei Männer am Nebentisch blickt auf und sieht ihr dabei zu. Dann beugt sie sich wieder vor.

»Meine liebe Jo«, sagt sie, »vor drei Monaten bin ich unfreiwillig dem Tod sehr, sehr nahe gewesen. Ich glaube kaum, daß ich danach noch Lust habe zu sterben. Wirklich verrückte Gedanken hast du, meine Liebe.« Darauf nimmt sie die Karte und blättert darin. Das Gesicht der Kellnerin, die an den Tischen vorbeihuscht, hat die gleiche altrosa Farbe wie ihr Kleid, wie die Tischtücher, die Wände und der Teppich, der sich nur in einem Halbkreis um die Eingangstür bräunlich verfärbt hat. Der Mann, der vorhin Lucy beim Lachen beobachtet hat, redet jetzt lauter, ich sehe es ihr an, daß sie sich darauf konzentriert, was er sagt, aber seine Stimme wird vom flappenden Geräusch des Ventilators über uns verschluckt. Der Mann schielt unaufhörlich aus den Augenwinkeln herüber. Als die Kellnerin sich bückt, um eine zu Boden gefallene Serviette aufzuheben, treffen sich über ihrem Rücken sein und Lucys Blick. Ich erzähle etwas von Blumen, die ich in einem Geschäft gesehen habe, prachtvolle Blumen, aber Lucy hört nicht mehr zu. Abrupt schiebt sie den Teller von sich weg und erklärt, daß sie nachher nicht mit mir nach Hause kommt. Sie will noch in die Stadt. Schließlich sei ein besonderer Tag heute, sie habe Alberti alles gesagt, alles sei raus, Alois ist und bleibt tot. Sie sei endgültig fertig damit. Ich verlasse das Restaurant mit dem Gefühl, betrogen worden zu sein.

Lucy lügt. Diese beiden Worte tauchen auf, zerplatzen wie Blasen an der Oberfläche, verschwinden wieder und werden deutlicher, bis sie schließlich prall und fest im Kopf sitzen. Doktor Alberti weiß gar nichts. Lucy hat ihn Sitzung für Sitzung angelogen. Jetzt, wo sie ihre Lügen für die Realität hält, braucht sie ihn nicht mehr. Es ist, als hätte ich für einen kurzen Augenblick in ein unaufgeräumtes Zimmer gesehen, dessen Besitzer vergessen hat, die Tür zu schließen. Aber die Tatsache, daß Lucy gelogen hat, entfernt sie mir nicht, nein, sie scheint sich sogar noch fester in die Haken verwickelt zu haben, die ich seit meiner Ankunft vor einem Jahr in großem Bogen nach ihr ausgeworfen habe.

An der Bushaltestelle wartet auch das alte Paar aus dem Restaurant. Sie reden auf den kleinen schwarzen Hund ein, der vor ihnen sitzt und hechelt, weil ihn die Hitze quält. Beim Einsteigen stützen sie sich aufeinander ab und murmeln sich Mut zu; ihre Füße kreisen unsicher in der Luft, bis sie endlich auf dem ersten Trittbrett zu stehen kommen und dort, in der Sicherheit, eine Weile klebenbleiben. Ich würde die Alten gerne von hinten die Stufen hinaufschieben, damit's schneller geht, statt dessen blicke ich auf ihr schütteres weißes Haar und atme ihren säuerlichen Geruch ein. Ich kann alte Leute nicht ausstehen. In möglichst weiter Entfernung von ihnen setze ich mich ans Fenster.

Ich bin noch nie von der Stadt allein in Lucys Haus zurückgefahren. Es sind erst wenige Wochen vergangen, seit ich sie aus dem Blütenstaubzimmer herausgeschleppt habe. Manchmal wecken mich Geräusche von draußen, und ich kann beobachten, wie Lucy in der Morgendämmerung, wenn noch alles still ist, im Garten die Blütenköpfe zwischen die Finger nimmt und daran riecht. Mit den Fingernägeln zwickt sie die länglichen Staubblätter von den Stengeln und sammelt sie ein. Dann geht sie ins Blütenstaubzimmer und schüttelt den Staub herunter. Der Blütenstaub liegt überall am Boden und auf dem Fensterbrett unter den hohen Kellerfenstern. Eine Matratze mit einem Laken, der einzige Gegenstand im Raum, liegt auf der Erde zwischen den Kellersäulen. Auf dieser Matratze hatte sie gelegen, nachdem Alois gestorben war. Am Morgen nach der Beerdigung habe ich aus einem Fenster im Eßzimmer beobachtet, wie ein Müllwagen vor das Haus fuhr und Lucy und ein paar Männer alles, was Alois gehört hatte, in den Müllcontainer warfen. Die Bilder, die zu groß für den Container waren, hackte ein Mann mit einem Beil in kleinere Stücke. Gleich nachdem sie weggefahren waren, ging auch Lucy fort. Erst spät abends kam sie mit einem Korb voll frisch gepflückter Blütenköpfe zurück. Dies ging einige Tage so, und während dieser Zeit beantwortete sie keine meiner Fragen, sprach nie ein Wort. Als der Boden in Alois' leergeräumtem Atelier ganz mit Blütenstaub bedeckt war, schloß sie sich darin ein. In die schwere Eisentür, die in das Atelier führt, hatte Alois ein kleines Fenster eingebaut, damit Lucy sehen konnte, ob er gerade malte oder in der zwischen den Kellersäulen aufgespannten Hängematte lag. Nur dann durfte sie zu ihm hineingehen. Durch dieses kleine runde Fenster aus Plexiglas habe ich Lucy immer wieder zugerufen. Anfangs habe ich ihr auch mit beiden Armen in der Luft zugewinkt, was ich aber bald aufgab, weil sie nie zum Fenster sah. Ich versuchte, sie mit allen möglichen Vorschlägen herauszulocken. Erst waren es Ausflüge, dann Reisen in andere Länder. Zuletzt schilderte ich ihr den Plan einer Weltreise. Ich zeichnete die Route auf ein Papier und heftete es ans Fenster, damit sie es sehen und darüber nachdenken konnte. Am folgenden Morgen rief ich ihr zu: »Was ist, gehen wir?«

Sie regte sich nicht. Ich trat gegen die Tür, die sich auch nicht bewegte, als ich fluchend dagegenrannte. Das Mutterbündel, das ich durch das kleine Fenster anstarrte, lag da und schwieg. Das winzige, kaum sichtbare Beben des Atems in ihrem Körper war das einzige Lebenszeichen. Ich bat sie, mir wenigstens ein Zeichen zu geben, daß sie mir zuhörte; sie rührte sich nicht. Schließlich drohte ich ihr mit eiserner Stimme, die Ärzte einer psychiatrischen Klinik zu holen und nach ihrer Einlieferung das Haus in Brand zu stecken. Sie blieb bewegungslos, stumm, mit dem Gesicht nach unten auf dem Laken. Von Zorn gepackt, rannte ich in den Garten, nahm die Schaufel, die an einer Mauer lehnte, und zertrümmerte die Kellerfenster. Das helle Klirren der zerspringenden Scheiben erfüllte während langer Sekunden die Luft. Erst als alle fünf Fenster eingeschlagen waren, warf ich die Schaufel hin und stieg in den Keller. Lucy hatte sich mittlerweile erhoben, ich sah sie nicht einmal an, sondern ging geradewegs zur Tür, um sie von innen zu öffnen. Mit kleinen Schritten folgte sie mir darauf in die Küche. Dort begann sie zu weinen. Alle Energie war aus mir herausgeschüttet, mir war, als hätte ich keinen Körper mit Knochen und Muskeln drin, sondern bestünde nur noch aus weicher haltloser Masse. Während Lucy am Tisch saß und weinte, schnitt ich verbissen, mit zitternden Knien, das Brot für unser Abendessen.

Der Bus rast den Hügel hoch ins Dorf. Es ist die Endstation, aber die Alten rühren sich nicht, und sowie ich an ihnen vorbeigehe, sehe ich, daß sie, die Köpfe aneinandergelehnt, eingeschlafen sind. Ich hatte erwartet, daß ein Haus sich leerer anfühlt, in dem plötzlich jemand fehlt. Aber es fühlt sich nicht leerer an seit dem Tod von Alois; nur die Bilder sind weg, die überall an den Wänden hingen, Gegenstände sind verschwunden, die Bibliothek ist ausgeräumt. Lucy hat Vasen, Schalen und Körbe gekauft, um sie in die leeren Ecken zu stellen. In meinem Zimmer hat sich nichts verändert. Auf dem Tisch liegen die Bücher, die ich mitgenommen, aber noch nicht gelesen habe. Daneben die Postkarten, auf die ich schon die Marken geklebt habe, aber dann ist mir niemand eingefallen, dem ich sie hätte schreiben können.

Einmal im Monat erhalte ich einen Brief von Vater. Die Briefe kommen in einem länglichen Kuvert und sind nie mehr als eine Seite lang. Eigentlich müßte ich sie mit einem Brieföffner aufschneiden, ganz langsam. Aber ich reiße sie auf der Stelle auf, lese, während ich die Treppe hinaufgehe, und bin fertig damit, bevor ich in meinem Zimmer bin. Es steht immer auch ein Gruß an Lucy dabei; aber ich habe die Grüße noch nie ausgerichtet. Ich möchte nicht sehen, wie sie abwinkt und keine einzige Frage stellt. Lucy hat noch nie etwas gefragt.

Von meinem Bett aus sehe ich den Himmel, der unverändert blau ist. Von Zeit zu Zeit durchkreuzen Vögel das blaue Rechteck. Aus dem Nachbardorf höre ich das Rattern von Preßlufthämmern. Es werden Hotels und breitere Straßen gebaut für die hunderttausend Pilger, die im Jahr zweitausend im Nachbardorf, einem berühmten Wallfahrtsort, erwartet werden. Ich sehe diese Masse von Menschen einer dunklen Welle gleich über das Gebiet hereinbrechen. Falls ich bis dahin überleben sollte, werde ich vierundzwanzig sein.

Die Helligkeit draußen verursacht mir Kopfschmerzen. Auf der Suche nach einer Schmerztablette stehe ich plötzlich in Lucys Zimmer. Das schmale Bett neben dem Fenster ist ungemacht. Hinter ihrem Bett steht ein Kinderbettchen, auf dem alte Puppen sitzen. Anstatt nach einer Schmerztablette weiterzusuchen, beginne ich, alles anzuschauen, was sich auf Lucys Tisch befindet. Sonst würde ich das nie tun; aber jetzt fühle ich mich dazu berechtigt und weiß gleichzeitig, Lucy würde mich davonjagen, wenn sie sähe, wie ich hier in ihren Sachen schnüffle. Unter einem Schreibblock liegt eine Fotografie. Drei Leute sind darauf abgebildet, die unter einem Baum sitzen, im Hintergrund ein See. Im Vordergrund Lucy, die mit halbgeschlossenen Augen abwesend zur Seite blickt. Alois hat den Arm um sie gelegt.

Dieser Arm liegt wie ein fremder Gegenstand hölzern auf ihrer Schulter. Alois' Gesicht ist einem Mann mit Schnurrbart zugewandt, Paolo, dem Galeristen aus der Stadt. Er hatte Alois und Lucy letzten Sommer zu einer Party eingeladen. Sie hatten mich mitgenommen. Allerdings nur deshalb, weil Alois nicht wollte, daß ich alleine, und das heißt ohne Aufsicht, im Haus bleibe. Gleich nachdem wir dort eintrafen, stürzten Alois und Lucy in verschiedene Richtungen davon, um Leute zu begrüßen. Ich kannte niemanden und stand da in der Gegend rum wie ein nutzloses Zeug.

Ich erinnere mich an ein Gebäude, das ganz aus Glas und hellem Granit gebaut war, und an den Vorplatz, der glatt und hell im Licht der untergehenden Sonne glänzte, als hätte man ihn gerade poliert. Durch die Luft hörte ich jemanden den Satz sagen »Ideal zum Rollschuhfahren, der Vorplatz«, was mich schrecklich ärgerte, weil doch jeder,

der genau hinschaute, sehen mußte, daß man darauf wie auf einer Eisfläche nur herumrutschen und sich die Knie aufschlagen konnte.

Die Gäste waren in einzelnen Gruppen auf dem gestutzten Rasen verteilt. Ich war erstaunt über die vielen Leute, die Lucy kannte. Alois kannte sie auch, schien aber im Gegensatz zu ihr keinen Wert auf ihre Gesellschaft zu legen. Er hatte es sich unter einer der Weiden in einem abgeschabten Ledersessel bequem gemacht, rauchte ununterbrochen Gauloises bleu und blickte mit zusammengekniffenen Augen in den Himmel. Ich überlegte, daß er vielleicht gar nicht in den Himmel schaute, sondern die Leute beobachtete. Es kam mir vor, als ob er über eine Technik verfüge, mit deren Hilfe er die Leute röntgen könne und dabei so aussah, als würde er nur den Gang der Wolken studieren. Bald darauf zog er die ausgestreckten Beine ein und schloß die Augen. Die Männer, die um Lucy herumstanden, lachten mit weit geöffnetem Mund, so, daß man ihre regelmäßigen Zähne deutlich sehen konnte. Lucy hatte mir für diesen Abend ein weißes Kleid gegeben. Stundenlang bin ich darin in hohen Schuhen im Haus herumgewandelt und habe mich immer wieder vor den Spiegel gestellt, bis ich wußte, es war alles gut, und jetzt stand ich da, ein Glas in der Hand, wie eine auseinanderbröckelnde Statue und hoffte, daß mich niemand beachtete. Ich stand still neben einem Baum und sah aufmerksam den Ameisen zu, die eine Straße bildeten und den Stamm rauf und runter rannten. Bis mir plötzlich jemand auf die Schulter tippte. Ein schlaksiger junger Mann, ganz in helles Leinen gekleidet, pflanzte sich vor mir auf.

»Nur ein Exzentriker kann sich solche Dinger aufstellen.«

Er sprach von den obszönen Putten, die überall auf Steinsockeln auf dem Rasen herumstanden.

»Paolo ist mein Onkel, ich weiß, wovon ich rede«, sagte er mit Nachdruck.

»Wohnst du bei ihm?« fragte ich.

»Nur während der Semesterferien, die verbringe ich immer hier. Wenn ich mehr Geld hätte, würde ich in ein Hotel gehen.«

»Du magst deinen Onkel nicht?«

»Ich sagte doch, er ist ein Exzentriker.«

Während er mich auf die drei Pfauen aufmerksam machte, die ich bisher noch gar nicht bemerkt hatte und die vor den Gästen herumspazierten, als ob sie Applaus erwarteten, durchsuchten mich seine kleinen blauen Augen.

»Die Pfauen benehmen sich wie Mannequins auf dem Laufsteg«, sagte er, »wahrscheinlich haben sie sich wochenlang auf diesen Abend vorbereitet.«

»Tiere bereiten sich nie auf was vor«, entgegnete ich.

Er sah wieder zu den Pfauen hinüber.

»In meiner freien Zeit schreibe ich Gedichte«, sagte er nach einer Weile. Ich sah in sein erwartungsvolles Gesicht und wurde nervös, weil ich nicht wußte, wie man auf so eine Mitteilung reagieren sollte, und blickte unschlüssig zu den Weiden hoch. Dann sagte ich, ohne darüber nachgedacht zu haben, daß die Weiden sehr traurige Bäume sein müssen und sich die Äste wohl deshalb zu Boden neigen, weil die Last aller Tränen dieser Welt auf ihnen liege. Noch bevor ich den Satz beendet hatte, fühlte ich die Worte klumpig aus meinem Mund purzeln. Er allerdings schaute nachdenklich in sein Glas und sagte mit einer Stimme, dünn wie ein Rinnsal: »Ich glaube, wir sind uns ähnlich. Ich werde diesen schönen Gedanken für dich aufschreiben.«

Er fragte mich, ob ich ihn am nächsten Samstag auf eine Technoparty begleiten wolle, er küßte dabei zwei seiner Finger, die er übereinanderkreuzte.

»Ich schwöre es. Das wird eine megageile Party!«

Ehe ich antworten konnte, tauchte Lucy auf. Sie war heute besonders schön, weil sie aufgeregt war; sie war seit Wochen nicht mehr aus dem Haus gekommen. Sie streckte dem Studenten die Hand hin.

»Ich bin mit Paolo verwandt«, sagte er, und diesmal klang es, als sei das eine Auszeichnung. »Und Sie sind Jos Schwester?«

»Nein, die Mutter«, schmunzelte sie, gab ihm einen Klaps auf die Schulter und ging zu einem Grüppchen von Leuten, die ein paar Meter neben uns standen und die gerade laut über irgend etwas lachten. Ich selbst hatte mich nicht vom Fleck bewegt, aber plötzlich war der Mann hinter mir; ich spürte seinen Atem am Hals.

»Wie alt bist du eigentlich?« fragte er mit eindringlicher Stimme. »Fünfzehn«, sagte ich, ohne mich umzublicken. In Wahrheit war ich entscheidende drei Jahre älter. Aber ich sah ein, daß es keinen Sinn hatte, die Wahrheit zu sagen. Ich blickte seinem Rücken nach, der breit in einem Leinenjackett steckte, empört über den Rasen zuckelte und über den Vorplatz im Haus verschwand. Alois war inzwischen in seinem Sessel eingeschlafen. Ich hätte zu ihm hingehen und ihn schütteln mögen. Gehen wir, du findest es doch auch zum Kotzen, dieses Fest, nicht wahr? Gehen wir, fahren wir nach Hause zurück, jetzt, sofort. Aber ich blieb stumm vor ihm stehen und starrte ihn an. Sein Mund war geöffnet, der Kopf nach links gekippt, die Hände über dem Bauch verschränkt. Neben ihm lag ein zerknülltes Päckchen Gauloises im Gras. Warum raucht Alois eigentlich Gauloises, überlegte ich. Es gibt wahrscheinlich etwa tausend verschiedene Zigarettenmarken auf der Welt, und davon hat Alois genau diese ausgewählt. Warum eigentlich, in Gottes Namen? Und obwohl ich wußte, daß ich ihn nie fragen würde, nahm ich mir vor, genau hier stehenzubleiben und mit dieser sinnlosen Frage im Kopf zu warten, bis er aufwachen würde.

Es ist immer noch hell draußen, und ich hoffe, daß Lucy noch vor Einbruch der Dunkelheit zurückkommt. Ich lege das Foto wieder unter den Schreibblock. Das Foto wurde im Sommer vor drei Jahren gemacht. Damals wußte ich noch nicht, daß ich hierherkommen würde. Ich wußte es erst, als ich das Abiturzeugnis in den Händen hielt und mir überlegen konnte, ob ich gleich zu studieren beginnen oder erst eine Reise machen sollte. Das erstere wollte ich auf keinen Fall, und da schien es mir das Nächstliegende, meine Mutter zu besuchen, die ich seit zwölf Jahren nicht mehr gesehen hatte. Ich bewohnte ein billiges Zimmer in der Stadt und rief sie von einer Telefonkabine aus an. Ich hatte mir dieses Gespräch in Gedanken immer wieder vorgestellt, doch als ich in der Kabine stand und den Hörer abhob, mußte ich eine Zeitlang warten, bis er nicht mehr in der Hand zitterte. Sobald ich ihre Stimme hörte, stürzten die vorbereiteten Sätze wie auf Kommando aus mir heraus, bildeten ein Knäuel von unverständlichen Worten. Das Wort Mutter und die Stimme am anderen Ende der Leitung waren zwei Dinge, die sich sperrig vor mir auftürmten. Ich duckte mich vor dem Schweigen in der Leitung wie vor Schlägen, den toten Hörer in der Hand, schien mir für einen sekundenlangen Augenblick alles lahmgelegt, der Straßenverkehr draußen und Leute, die an der Kabine vorbeigingen wie in Zeitlupe.

»Wer ist denn da?« fragte meine Mutter ungeduldig.

Ich hörte meine Stimme meinen Namen sagen und daß ich sie besuchen wolle. Ich kam mir unverschämt vor, als hätte ich gerade einen Wildfremden um einen Gefallen gebeten, und fürchtete, gleich den Summton in der Leitung zu vernehmen, als ein Lachen, ein langanhaltendes, nicht mehr enden wollendes Lachen aus dem Hörer kam. »Ruft mich meine Tochter an, um zu fragen, ob sie mich besuchen darf?«

Es klang so, als fände sie mich schwerfällig und kompliziert, und ich sagte, daß ich nach zwölf Jahren nicht einfach so hereinplatzen wolle, aber sie lachte schon wieder, wegen der zwölf Jahre, und fragte mich mehrmals ungläubig, ob es denn wirklich schon so lange her sei. Schließlich beteuerte sie, daß ihr Haus jederzeit für mich offenstünde. Ich ging in mein Zimmer zurück, um meine Sachen zu packen.

Seit Stunden kämpfe ich gegen den Schlaf. Im Fernseher schalte ich auf den Film, in dem am meisten geschossen und geschrien wird, damit mich der Lärm am Einschlafen hindert. Ich will Lucys Rückkehr nicht verpassen. Ich bin beherrscht von dem Gefühl, daß noch etwas aussteht.

Ich weiß nicht mehr, den wievielten Krimi ich bereits anschaue. Dauernd werden Frauen in ihren Betten erwürgt und Männer in Tiefgaragen erschossen.

An den rasch näherkommenden Schritten und den Absätzen, die hell auf dem Asphalt der Gasse aufschlagen, erkenne ich Lucy. Ich stelle den Ton des Fernsehers ab und lausche, wie sie vor der Haustür stehenbleibt und den Schlüssel in der Tasche sucht. Sie steigt die Treppe hinauf, ich glaube, ein unterdrücktes Gähnen zu hören, sie öffnet die Tür zu ihrem Zimmer und schließt sie, ganz leise, als wolle sie niemanden aufwecken. Sie muß doch das Licht im Fenster gesehen haben. Bestimmt kommt sie gleich, überlege ich, gehe in die Küche und stelle absichtlich laut, damit sie mich hört, ein Glas auf den Tisch. Um ins Bad zu gehen, muß sie durch die Küche, und ich beginne, nur um etwas zu tun, den Tisch abzuwischen, darauf wartend, daß sie endlich wieder aus ihrem Zimmer kommt. Meine Hand, die mit dem Wischtuch über den Tisch fährt, wird immer fremder, je länger ich warte. Es ist lächerlich, auf jemanden zu warten, der nicht kommt. Aber es dauert eine Weile, bis ich begreife, daß Lucy nicht mehr kommen und nichts erzählen wird, weil sie schon schläft und sich bereits in ihren Träumen befindet.

Der bellende Hund kommt immer näher, aber meine Füße kleben am Boden fest. Der Schweiß hat einen Kranz von Tropfen um mein Gesicht gebildet. Ich verrenke den Hals, um in den Rachen des Hundes zu blicken. Der Speichel glänzt auf seinem rosa Zahnfleisch und den scharfen Zähnen, die schnell näher kommen und größer werden, als würden sie wachsen. Ich will ihn zurückrufen und schreie ihn an. Er steht vor mir, bereit zum Sprung. Wahnsinnig vor Angst strecke ich meine Arme aus, packe mit einer Hand den Oberkiefer, mit der anderen den Unterkiefer und breche mit all meiner Kraft den Rachen des Hundes auseinander, was ein Geräusch macht wie das Entzweibrechen steinharten Brotes. Das Geräusch des krachenden

Hundekiefers noch in den Ohren, rutsche ich langsam, wie aus einer zähflüssigen Masse tropfend, aus dem Traum zurück auf mein Bett. Ich liege da, bewegungslos, ein leeres Gefäß, das sich nach und nach mit der Erinnerung, wo ich bin, wieder auffüllt. Das Laken findet sich zu einem Bündel gestrampelt am Fußende des Bettes. Euphorisch und erschöpft wie immer, wenn ich im Traum mein Leben gerettet habe, blicke ich an die Decke. Ich schmunzle, weil draußen vor dem Fenster tatsächlich ein Hund bellt. Ein harmloses, nichtiges Bellen.

In den letzten Tagen konnte ich nur wenig essen, der Bauch ist deshalb nach innen gewölbt, eine Mulde hat sich gebildet, und an den Seiten stehen die beiden Beckenknochen hervor wie Pfeiler. Durch das halb geöffnete Fenster dringt ein warmer Wind, ich schließe die Augen für einen friedlichen traumlosen Schlaf, aber die Preßlufthämmer, die in diesem Moment im Nachbardorf beginnen, den Boden aufzureißen, jagen mich aus dem Bett.

Auf der Treppe rieche ich Lucys zitronigen Badezusatz.

Ich blicke durch die geöffnete Tür ins Badezimmer. Lucy sitzt mit hochgetürmtem Haar in einer Dampfglocke und weist wortlos auf den Stuhl, über dem ihre Kleider hängen.

»Bist du heute abend hier?« frage ich sie.

»Tut mir leid, Jo. Aber ich bin verabredet.«

Sie fährt mit dem Schwamm auf ihrem angewinkelten Bein auf und ab. Es ist etwas Verkrampftes, Zwanghaftes in dieser Bewegung, und ich richte meinen Blick auf die Shampooflasche am Rand der Badewanne.

»Hör mal, Jo«, ihre Stimme klingt energisch, »ich habe nicht vor, die künftigen dreißig Sommer, die ich noch zu leben habe, Witwe zu spielen. Ich habe dir gesagt, daß ich fertig bin mit der Geschichte.«

Sie will mir in die Augen schauen, aber ich blicke weiterhin auf die Shampooflasche, lese ganz deutlich »Roberts«.

Sie redet, als erzähle sie eine Geschichte, die sie nichts angeht. »Du bist hierhergekommen, weil du mich sehen wolltest. Es konnte doch keiner ahnen, daß Alois bald darauf diesen schrecklichen Unfall haben würde. Ich bin am Ende gewesen. Du weißt das genau, Jo, und du hast versucht, mir zu helfen. Aber ich brauche deine Hilfe nicht, verstehst du?«

Lucy drückt den Schwamm energisch mit beiden Händen aus. »Hätte ich dich damals etwa liegen lassen sollen?« fahre ich sie an. Aber sie hört schon nicht mehr zu. Mit einem schnellen Ruck hat sie den Duschvorhang zugezogen und den Wasserhahn aufgedreht.

Ohne zu frühstücken, verlasse ich das Haus. Eine asphaltierte Straße führt vom Dorf in den angrenzenden Wald, vorbei an einem Café und einem Parkplatz, der größer ist als der Minigolfplatz dahinter. Das Café ist geschlossen, ich habe hier noch nie jemanden angetroffen. Unter der abgeblätterten Farbe der Minigolfbahnen kommt der Beton zum Vorschein. Vom Parkplatz aus führt ein schmaler Weg in den Wald. Wie farbige Staubwolken flattern Schmetterlinge aus den Büschen; Insekten stoßen in mein Gesicht oder setzen sich auf die nackten Arme, wo ich sie mit der Hand zerklatsche. Von beiden Seiten neigen sich Pflanzen über den Weg, die wild in alle Richtungen wuchern und sich gegenseitig zu ersticken drohen. Die Kronen der dicht aus dem Boden schießenden Bäume bedecken den Himmel. Die Luft ist schwer und süß vom Duft der Blumen, eine leichte Übelkeit überkommt mich, als ich einen steilen Anstieg hoch auf einen Felsen klettere. Von dort blicke ich auf einen Fluß, der über eine Felsplatte in einen ausgehöhlten Stein strömt, der die Größe einer Badewanne hat. Das Wasser fließt durch eine Mündung der Steinwanne etwa acht Meter tief in ein breiteres Flußbett. Ich setze mich auf die Felsplatte, ziehe die Schuhe aus und lasse die Füße in die Steinwanne hängen. Mit den Zehen jage ich die Kaulquappen auseinander, tausend schwarze Flecken, die an der Wand der Wanne kleben. Vorsichtig beuge ich mich vor, um zu sehen, wie das Wasser in einem satten Strahl hinunterstürzt. Der Strahl ist ein geschliffener Kristallstab, unter lautem Getöse bricht er unten in einer Wolke weißer Splitter auseinander. Ich lege mich auf den von der Sonne erwärmten Stein. Hier sollte ich liegenbleiben, denke ich, und werden wie dieser Stein. Anfangs würden vielleicht lärmende Spaziergänger kommen und sich in die Wanne legen, aber irgendwann würde es vollkommen still sein, Moos über mich wachsen, die Kaulquappen würden verschwunden sein, und sogar das Wasser würde versiegen.

Auf meinem Ellbogen kitzelt mich ein Schmetterling, er kriecht über den ausgestreckten Arm auf meine Hand, über die Fingerspitzen ins Wasser. Als ich mich aufrichte, sehe ich, wie der Schmetterling über die Wasseroberfläche gleitet und abgetrieben wird. Die Flügel werden mehr und mehr nach unten gezogen. Von der Strömung nach vorn getrieben, stürzt der Schmetterling durch die Mündung der Steinwanne den Wasserfall hinunter. Erst jetzt bemerke ich, daß Dutzende von Schmetterlingen vom Stein ins Wasser kriechen oder sich aus der Luft in die Steinwanne fallen lassen. Ich breche einen zwischen den Felsritzen wachsenden Grashalm ab, halte ihn einem Schmetterling hin, der sich daran festklammert, und ziehe ihn aus dem Wasser. Immer mehr hole ich auf diese Weise aus dem Wasser, bis die Felsplatte bedeckt ist mit Schmetterlingen, die ihre zerknitterten Flügel trocknen. Schon nach kurzer Zeit falten sie die Flügel auf und fliegen einer nach dem andern in einer geraden Linie wieder zurück ins Wasser, in den Tod. Lucy hat mich einmal hierher geführt. »Ich zeig dir den friedlichsten Ort, den ich kenne«, hat sie gesagt. Es war bereits sehr warm, als wir vormittags hier ankamen und uns im Badeanzug auf den Felsen legten. Der Fels lag brach, nackt in der Sonne, nirgends war Schatten. Ich hatte mich darauf gefreut, mit Lucy den Tag zu verbringen. Aber schon bald fühlte ich mich von der Hitze matt, während Lucy neben mir immer munterer wurde. Sie sprach über die Pflanzen, die hier überall wachsen, sie kannte sie alle. Immer müder werdend, hörte ich von fern die fremd klingenden Pflanzennamen an mein Ohr dringen. Kurz bevor ich in der prallen Sonne wegzudämmern drohte, rappelte ich mich auf und legte mich in die Steinwanne. Von der eisigen Kälte des Quellwassers wachgerüttelt, planschte ich übermütig mit Armen und Beinen im Wasser.

Das Wasser spritzte funkelnd durch die Luft, Tausende regenbogenfarbene, im Licht sich brechende Tropfen, und ich wollte Lucy schon zurufen, sie solle doch auch ins Wasser kommen, da sah ich ihren Blick. Sie musterte mich, als beobachtete sie einen Feind. Unvermittelt hielt ich inne und stieg aus dem Wasser. Zurück auf dem Felsen trockneten die erfrischend kühlen Tropfen auf meiner Haut, und die Hitze begann mich wieder zu umzingeln.

»Mörderische Hitze«, keuchte ich nach einer Weile, setzte mich auf mit brummendem Kopf, um Lucy zu bitten, irgendwo einen Schattenplatz zu suchen, aber als ich zu ihr hinüberblickte, stieß ich einen Schrei aus, weil ich

36

dort, wo Lucy saß, in der flimmernden Hitze nichts sehen konnte außer ihrer schwarzen Silhouette, im Licht ein Loch.

In der folgenden Nacht raste mein Herz in der Brust wie ein eingesperrtes wildes Tier, eingewickelt in das vom Schweiß feuchtnasse Laken, der aus meinem Körper rann, als brenne darin eine schreckliche Sonne.

Kein einziger Schmetterling ist zurückgeblieben, alle haben sich den Wasserfall hinuntergestürzt. Die Straße zum Dorf liegt schon ganz in der Mittagssonne. Die erhitzte Luft schimmert über dem Asphalt. Plötzlich bin ich von dem Gedanken besessen, Lucy die Geschichte mit den Schmetterlingen zu erzählen, und laufe los, die Straße hoch, immer schneller, bis ich renne, damit ich sie nicht verpasse. Der Speichel trocknet im Gaumen, und das Blut pocht in den Schläfen, als ich auf der Höhe des Klosters in unsere Gasse einbiege. Giuseppe, der Nachbar, sitzt auf einem Hocker vor dem Haus und grüßt mürrisch. Einen Moment zögere ich, ihn zu fragen, ob er Lucy gesehen hat. Aber ich schaue besser selbst nach und renne ins Haus hinein. Auf der Treppe schon rufe ich ihren Namen; gehe in ihr Zimmer, in die Küche, ins Bad und wieder zurück. Lucy ist fort. Neben ihrem Bett liegt der Bademantel. Die Tür des Kleiderschranks steht offen. Ich setze mich auf Lucys Bett und betrachte diese wie absichtlich gelegten Spuren ihres eiligen Verschwindens. Erst jetzt bemerke ich, daß Lucy das Bett vom Fenster weggeschoben hat. Bei der Führung durch das Haus am Tag meiner Ankunft erwähnte sie, am Morgen beim Erwachen als erstes aus diesem Fenster zu blicken. Durch dieses Fenster sieht man auf einen Teil der Mauer des alten Klosters und eine Reihe von Pappeln dahinter, die zum Friedhof gehören. Jetzt, wo Alois darunter begraben liegt, erscheinen die Pappeln wie lebendige Grabsteine. Lucy fürchtet Erinnerungen, sie belästigen sie, und deswegen hat sie das Bett einige Zentimeter verschoben. Als ob es möglich wäre, das Leben eines Menschen auszulöschen, indem man dessen Habe vernichtet und das eigene Bett verschiebt, nur um nicht auf die Bäume zu blicken, die bei seinem Grab stehen. Erst wenn die Bäume gefällt würden, würde sie das Bett zurückschieben. Der Blick wäre wieder frei zu den Hügeln und in den Himmel; eine unberührte Fläche, die an nichts erinnert. Die weit geöffnete Schranktür, der nachlässig hingeworfene Bademantel sind Zeichen einer Ablenkung, einer Ablenkung von den viel wichtigeren Spuren in diesem Zimmer, Spuren, die von Lucys Versuch zeugen, ihr Gedächtnis totzustellen. Nachdem sie mir ihr Zimmer ausführlich gezeigt hatte, gingen wir in die Küche. Sie öffnete alle Schranktüren und bückte sich, um mir die Vorräte zu zeigen, die sich auf dem unteren Regal eines Schranks befanden. Dort standen verstaubte Gläser mit Eingemachtem; sie sagte, daß sie seit einigen Jahren nichts mehr einmache, weil sie und Alois das gar nicht alles alleine essen könnten. Als sich Schritte der Küche näherten, richtete sie sich unversehens auf, als wäre sie erschreckt worden oder ertappt bei etwas, das sie nicht hätte tun sollen. Sie machte den Eindruck, als sei sie gefährdet oder bedroht. In der Hand hielt sie ein Glas mit eingemachten Birnen, ungeschickt mit Daumen und Zeigefinger umklammert, das wie ein Indiz oder Beweisstück wirkte, weil Alois es unverwandt anstarrte, während er durch die Küche schritt und nicht etwa Lucy anblickte, sondern dieses Glas, und erst als er vor uns stand, richtete er seinen Blick auf mich, der wütend und spöttisch zugleich war und in einem starken Kontrast stand zu seinem Mund, der durch die etwas schief stehenden Mundwinkel unentwegt freundlich zu lächeln schien. Unwillig gab er mir die Hand, er machte kein Hehl daraus, daß ich seiner Ansicht nach besser daran getan hätte, nicht gekommen zu sein.

Beim Abendessen saßen wir an einem runden Tisch im Eßzimmer. Ein kleines Fernsehgerät lief, ohne Ton. Man sah Politiker in einem Kreis hinter Tischen stehen und aufgeregt mit den Armen fuchteln. Lucy erzählte, daß sie nie hinauf ins Dorf gingen; die alten Männer säßen nur den ganzen Tag vor der Bar, um Karten zu spielen, und würden jeden Fremden anstarren, der an ihnen vorübergehe. Darüber dürfe man sich aber nicht wundern, sagte sie, die Leute hier seien eben noch sehr weit weg von den wirklichen Geschehnissen der Welt. Alois schwieg während des Essens, nur einmal führte er ein kurzes, aber heftiges Gespräch mit Lucy, von dem ich nicht mehr verstand, als daß es sich um einen Zeitungsartikel handelte, der ihn ärgerte. Er blickte dabei angestrengt auf den Teller oder über ihren Kopf hinweg auf den Fernsehbildschirm. Sie redeten in einer eigenen Sprache aus mir unverständlichen Worten und seltsamen tierhaften Lauten, wie sie Paare vielleicht nach einiger Zeit entwickeln, wenn sie viel allein sind und keinen Kontakt zur Außenwelt pflegen. Während sie sprachen, sah ich die beiden Bilder an, die einander gegenüber an der Wand hingen. Auf beiden war ein von einem Blitz gespaltener Baum abgebildet, in leuchtenden Farben, die bei längerem Hinschauen das Auge schmerzten. Am unteren rechten Bildrand stand, kaum lesbar, Alois' Namenszug. Außer dem Tisch, an dem wir saßen, und einem, für zwei Personen übertrieben groß wirkenden Sofa war der

Raum leer. In der Nische, die im Gemäuer eingelassen war, hatte früher wahrscheinlich einmal eine Madonnenfigur gestanden, jetzt befanden sich eine großbauchige Vase und ein paar zierliche Kinderschuhe, blaue Ballerinas, darin. Lucy mußte gemerkt haben, daß ich die Schuhe neugierig musterte. Sie sagte, sie habe sie in der Stadt für mich gekauft, schon in der ersten Woche, als sie hierher gezogen war. Habe dann aber vergessen, sie mir zu schicken. Und jetzt seien sie mir wohl zu klein, sagte sie, während sie spöttisch grinsend auf meine etwas zu groß geratenen Füße blickte.

Mein Zimmer lag im oberen Teil des Hauses und glich den anderen Räumen, die sich alle durch eine Kargheit auszeichneten, als dürfte man nicht merken, daß sie bewohnt wurden. Erst als ich mich hinlegte und nicht einschlafen konnte, bemerkte ich das Bild, das vor dem Bett an der Wand hing; ein vom Blitz gespaltener Baum, dasselbe Motiv wie das der anderen beiden im Eßzimmer. Ich drehte mich auf die Seite und versuchte die Augen zu schließen, aber es ging nicht. Ich mußte das Bild anschauen. Der vom Blitz gespaltene Stamm war in der Mitte aufgebrochen, aus dem Innern strahlte das helle Holz. Eine naturalistische Darstellung, eingefaßt von Akanthusranken und einem Band mit geometrischen Ornamenten. Die Farben waren mit einem Spachtel stellenweise so dick aufgetragen, daß Stücke von der Leinwand abstanden. Die grell stechenden Farben versetzten die Luft in eine Schwingung, wie von einem sehr hohen Summton, den man nicht hört, der einen aber nervös macht. Die Luft im Zimmer war elektrisch aufgeladen, und ich warf mich im Bett hin und her, es war unmöglich, mit diesem Bild an der Wand einzuschlafen. Das Bild zwang mich geradezu, es anzuschauen. Unerträglicher als die grellen Farben waren diese Ornamente um den vom Blitz gespaltenen Baum, ein höhnisches Lachen über eine Naturkatastrophe. Ich sprang aus dem Bett, um das Bild abzuhängen. Aber gerade, als ich es heruntergenommen und mit der Vorderseite gegen die Wand gestellt hatte, klopfte es an der Tür. Lucy fragte, ob sie hereinkommen dürfe. Hastig hängte ich das Bild wieder auf und legte mich ins Bett zurück. Lucy kam herein und setzte sich auf den Bettrand. Unwillkürlich rutschte ich etwas zur Seite, halb um ihr Platz zu machen, halb weil ich es befremdlich fand, daß sie so nah neben mir war. Ich bereute das gleich, denn sie stand unversehens auf, ging zum Fenster und wandte mir den Rücken zu. Sie sagte, sie werde über nichts Vergangenes reden. Sie fühle sich zu keiner Rechtfertigung verpflichtet, und falls ich diesbezüglich Fragen an sie hätte, könne sie mir leider nicht helfen. Ich versicherte ihr, daß ich nichts dergleichen vorgehabt hatte. Ich hätte mich besser gefühlt, wenn ich neben ihr gestanden hätte. Wie gefesselt lag ich im Pyjama unter der Decke. Auch als sie gegangen war und ich das Bild endlich abgehängt hatte, fand ich keinen Schlaf. Ich mußte an die Schuhe denken, die sie mir nicht geschickt hatte. Ich stellte mir vor, wie ich damals, hätte Lucy mir die Schuhe geschickt, in ihnen in Vaters Wohnung herumspaziert wäre; sie als Haus oder als Schiff für Nico und Florian verwendet hätte, damit sie mich darin nachts neben meinem Bett beschützten. Schließlich stand ich vom Bett auf, wie nach einem mühsam verlorenen Kampf, und ging zum Fenster. Unter mir war der Garten, und wenn ich mich hinauslehnte, konnte ich das Fenster zur Küche sehen. Es zeigte noch Licht, ich konnte Alois' und Lucys

Schatten erkennen. Sie saßen am Tisch und redeten. Ich lehnte mich so weit wie möglich aus dem Fenster, aber aus dem dumpfen Stimmengewirr war kein einziges Wort zu verstehen.

Aus dem Nachbardorf sind wieder die Preßlufthämmer zu hören. Solche Geräusche erschöpfen mich, auch die Vorstellung, daß gerade unmittelbar in meiner Nähe Erde aufgerissen und eifrig gebaut und gearbeitet wird. Es gab eine Zeit, da hätte mir das nichts ausgemacht. Ich wäre nicht hier im Bett gelegen, verdrossen und diesen groben Geräuschen ausgeliefert, nein, damals hätte ich ein Buch gelesen und nichts von all dem bemerkt. Diese Geräusche wären gar nicht erst so weit vorgedrungen, daß ich sie gehört hätte. Ich hätte sie weggelesen, sie wären hinter der Wand aus Wörtern zurückgeblieben, die ich, seit ich mich erinnern kann, durch das Lesen zu schaffen vermochte. Eine Wand aus Wörtern, die mich umgab und schützte, solange ich las, und ich tat nichts anderes. Im Gedächtnis konnte ich jederzeit die Figuren abrufen, die in den Geschichten vorkamen, und mich mit ihnen unterhalten. Ich habe Tausende solcher Unterhaltungen geführt, während ich stumm und artig in der Schulbank saß.

In den Schulferien arbeitete ich auf der Post und sortierte Briefe. Bei den von Hand geschriebenen Briefen las ich die Namen, und in meinem Kopf tauchten Personen auf, die miteinander zu reden begannen, während ich unsichtbar dabeisaß und zuhören konnte, und in diesen Momenten war mir, als ob ich einen geheimen Zugang zu dem Leben fremder Menschen gefunden hätte, die mich nicht kannten, die aber ihrerseits, da ich ihre Namen und ihre Handschrift in meinen Händen hielt, in mir Platz nahmen und wohnten und sich ausbreiteten, als wäre ich das Haus ihrer Geheimnisse. An jedem Monatsende habe ich mich mit Vater getroffen, der mir eine neue Ration Bücher gab. Seit ich sechzehn war, hatte ich ein eigenes Zimmer in der Stadt. Es war leer, wie die Zimmer in diesem Haus jetzt, aber nie war ich verloren darin.

Ich las und war ein Schiff auf Reisen. Hin und wieder wurde ich von seltsamen Erschöpfungszuständen ergriffen, die es mir nicht mehr erlaubten, ein Buch zu öffnen. Trostlos blieb es dann in meinen Händen liegen. In solchen Augenblicken rief ich meinen Vater an. Er kam am Abend mit seinem Buick, und wir fuhren los. Ich sah auf seine Hände, die das Steuerrad hielten, und davor die Häuser der Stadt, später die Umrisse von Tannen und Leitplanken. Die Scheinwerfer gruben sich auf der Autobahn durch die Nacht. Das Auto summte, wir rauchten Marlboro, bis der Raum eingenebelt war. Ich stellte mir vor, wir wären auf der Flucht. Und ich war glücklich bei dem Gedanken, mit meinem Vater auf der Flucht zu sein. Die Lichter des Wagens vor uns hinterließen eine rötliche Spur auf dem Asphalt, die unser Wagen verschluckte. Und manchmal sagte Vater etwas, ganz leise, wie zu sich selbst.

Seit ich hier bin, habe ich keine Zeile mehr gelesen und kann es auch jetzt noch nicht. Wie abgeschnitten liege ich da. Eine weiß getünchte Wand vor mir. Plötzlich kommt mir der Gedanke, daß Lucy ein Tagebuch geschrieben haben könnte. Ich gehe wie ein Dieb zu Lucys Schrank, suche nach ihrem Tagebuch. Ich öffne sämtliche Schubladen und Schranktüren, wühle in ihrer Wäsche, und während ich suche, schrumpft das Buch, das ich mir groß und schwer vorgestellt habe, zu einem dünnen Heft, aber irgendwo muß doch wenigstens ein Heft sein. Beinahe fällt die Vase vom Schrank, als ich, auf dem Stuhl stehend, das oberste Regal durchsuche. Fluchend räume ich alles wieder ein. In mein Zimmer zurückgekehrt, wähle ich eines von meinen Büchern aus und zünde mir eine Zigarette an. Auf dem Bett liegend, den Kopf im Kissen aufgestützt, schlage ich das Buch auf. Der Rauch der Zigarette schmeckt scharf. Die Wörter tanzen auf und ab und verschwimmen vor meinen Augen, bis ich mich an den Rauch gewöhnt habe. Ich lese den ersten Satz immer wieder und gelange nicht zum zweiten. Früher konnte ich durch die Wörter gehen wie durch offene Türen. Jetzt stehe ich davor, und nichts geschieht. Es ist nur eine ungeheure Anstrengung, diese Wörter zu verfolgen, die mich nirgendwohin bringen, nur zu einem Punkt und einem neuen Satz. Ich bin ausgeschlossen. Resigniert schlage ich das Buch zu und betrachte den Rauch, der sich zu Tieren formt, und wie diese Rauchtiere aus meinem Mund an die Decke steigen. Die Decke ist eine Wiese, auf der die Tiere spazierengehen. Die meisten schaffen es nicht, von meinem Mund bis an die Decke zu steigen, sie lösen sich vorher auf. Ich strenge mich an, möglichst große Rauchtiere zu blasen, die lange leben. Der Hunger, ein hohler nagender Schmerz, stört mich bei meinem Spiel, aber ich habe keine Lust, hinunterzugehen und im Eßzimmer alleine an dem Tisch zu sitzen.

Obwohl erst früh am Morgen, ist es im Garten schon sehr warm. Lucy liest im Schatten der Palme eine Zeitung. Ihr Haar ist hochgesteckt, das Gesicht zugedeckt mit einer nach Gurke riechenden Schönheitsmaske. Sie läßt die Zeitung sinken, als ich mich zu ihr an den Tisch setze. Um die Augen ist die Maske ausgespart, aus den hautfarbenen Kreisen blicken mich ihre blauen Augen an.

»Ich habe heute abend einen Freund eingeladen. Vito; er wird dir gefallen.«

Dann nimmt sie die Zeitung wieder auf.

»Möchte wissen, was du hier die ganze Zeit tust, wenn ich nicht da bin«, sagt sie beiläufig, aber die Neugier in ihrer Stimme ist nicht zu überhören.

»Lesen. Ich habe einen ganzen Stapel Bücher in meinem Zimmer. Ich habe gestern bis spät in die Nacht hinein gelesen«, sage ich, und es klingt wie eine Rechtfertigung.

Ich gehe hinein, um das Frühstück zu holen, und als ich mit einem Tablett mit Brot, Käse und Honig wieder in den Garten trete, höre ich in Giuseppes Keller die Vögel kreischen. Bevor seine Frau an einem Schlaganfall starb, sah man abends ihre Schatten hinter den Fenstern, und man hörte, wie er seine Frau anschrie. Jetzt hört man nur noch die Vögel in seinem Keller kreischen, wenn er hinuntergeht, um sich einen zum Essen zu fangen. Lucy behauptet, er sei verrückt geworden. Ich stelle das Tablett auf den Tisch. Lucy blickt angestrengt, das Kinn auf die Hand gestützt, zu dem Kloster hinüber.

»Hör mal, Jo, ich habe Vito gegenüber nichts von dir erwähnt, ich meine, er hat keine Ahnung, daß ich eine Tochter habe. Ich dachte, wir sagen der Einfachheit halber, du seist meine jüngere Schwester.«

»Klar«, sage ich trocken, so schnell und selbstverständlich, als hätte ich für diesen Moment jahrelang geübt. Sie fährt sich mit der Hand schwungvoll und erleichtert durchs Haar. Die Maske auf ihrer Haut ist mittlerweile getrocknet und fest geworden. Sie redet mit einer hellen, unbekümmerten Stimme, aber ich höre ihr kaum zu, bewege mich kein Stück, nicke nur gelegentlich und fixiere die eingetrocknete Gurkenmaske, die langsam von ihrem Gesicht bröckelt. Immer größere Stücke beginnen sich von der Haut zu lösen und abzufallen; sie preßt die Hände aufs Gesicht, als wolle sie es zusammenhalten, damit es nicht vollständig auseinanderbricht, entschuldigt sich und eilt ins Bad. Sie verbringt fast den ganzen Tag dort. Auf dem Sofa im Eßzimmer halte ich ein aufgeschlagenes Buch auf den Knien, vor mir die Wörter, die für mich nutzlos geworden sind, und denke an Alois, der tot unter den Pappeln liegt und immer toter wird. Lucy kommt in einem langen schwarzen Rock zurück, der unten glockig auseinanderschwingt. Dazu trägt sie eine hellblaue Bluse. Als sie hereinkommt und sich an den Tisch setzt, rieche ich den sauberen Duft ihres Parfums. Aus den Augenwinkeln sehe ich ihr Profil. Die frisch gewaschenen Haare sind mädchenhaft hinter die Ohren gelegt. Eine dunkle Ahnung steigt in mir hoch, und plötzlich drängt es mich, sie zu fragen, ob sie ganz sicher sei, daß sie damals meinen Vater verlassen habe und ins Flugzeug gestiegen sei. Oder ob nicht vielleicht alles ganz anders gewesen war; und ob sie denn wirklich ganz sicher sei, daß ich aus ihr herausgekommen bin. Denn das scheint mir in diesem Moment vollkommen unmöglich. Sie blickt zu mir herüber, und ich blättere schnell die Seite um.

»Was würdest du eigentlich tun, wenn das Haus plötzlich dir gehörte?« fragt sie neugierig, während sie vom Tisch aufsteht und auf mich zukommt.

»An eine Familie vermieten«, sage ich, ohne zu überlegen. So, wie sie sich vor mir aufpflanzt, wirkt die Form ihres Rockes wie der schwarze Flügel eines großen Vogels. Eine Sekunde nur scheinen wir zu verharren. Ich im Stuhl sitzend, sie vor mir stehend, wie ein einziger großer Stein, Ihr Blick brennt auf meinem Kopf, aber ich wage nicht, ihr in die Augen zu sehen, die klein und hart über diesem Flügel sitzen.

Lucy ist in der Küche und bereitet das Abendessen für Vito vor. Wie festgefroren warte ich im Garten darauf, daß sie nach mir ruft, damit ich ihr beim Kochen helfe. Ich warte auf ihre Stimme, aber sie ruft mich nicht, ich vernehme nur ihre Schritte auf dem Steinboden und das Klappern von Pfannen. Mit offenen Augen versinke ich in einen Traum, in dem ich mir vorstelle, daß ich viel jünger bin und meine Mutter in der Küche steht und das Abendessen für uns zubereitet, während ich die Schulaufgaben mache. Die Geräusche, die sie im Haus macht, sind die Kulisse, vor der ich mich bewege; ihre Geräusche sind auch ein Band, das sich durch das Ohr in mich hineinbohrt. An einer bestimmten Stelle meines Innern ist jedes einzelne ihrer Geräusche konserviert, damit ich, wenn ich jemals allein sein sollte, sie abrufen und mich an ihr Gesicht erinnern könnte und mit ihr reden, auch wenn sie gar nicht da wäre. Das grelle Schrillen der Türklingel dringt bis hinaus in den Garten. Ich höre, wie sie in der Küche scheppernd etwas hinstellt und die Treppe hinuntereilt. Sie führt ihn durchs Haus, seine eisenbeschlagenen Schuhe klingen hohl auf dem Fußboden. Vitos Lachen hallt in Alois' leergeräumter Bibliothek. Im Gang vor dem Fenster bleiben Lucy und Vito stehen und blicken hinunter in den Garten. Sie schauen in meine Richtung, ohne mich zu bemerken, obwohl ich ihnen zuwinke. Reglos stehen sie am Fenster. Ich erkenne den Umriß seines Kopfes, der zu groß wirkt im Verhältnis zu seinen schmalen Schultern. Das Haar glänzt und ist glatt nach hinten gekämmt. So hatte auch Alois einmal hier gestanden. Ich traf auf ihn, als ich, aus der Küche kommend, in mein Zimmer gehen wollte. Er hatte die Arbeitskleider an und einen Pinsel in der Hand, den er aufs Fensterbrett legte. Der Pinsel war voll frischer Farbe.

»Glaubst du, ein Haus kann plötzlich in sich zusammenstürzen, so, wie ein alter Mensch zusammenbricht?« fragte er, ohne sich zu mir umzudrehen. Alois hatte mich noch nie etwas gefragt, und ich glaubte, er verwechselte mich mit Lucy. »Vielleicht«, sagte ich unsicher, auf den Pinsel blickend, aus dem es gelb auf den Boden tropfte.

Lucy öffnet weit die Gartentür für Vito. Er bemerkt mich, Lucy bleibt neben dem Rosenbusch stehen und zwinkert mir verschwörerisch zu, als er, »Aha, die kleine Schwester« rufend, mit ausgestreckter Hand über die Distanz von der Gartentür bis zum Liegestuhl eilig auf mich zusteuert. Er überschüttet mich gleich mit Fragen, während er mit kaum spürbarem Druck meine Hand hält und mich anblickt mit kleinen, von unzähligen winzigen Falten umgebenen Augen. Lucy hat den Tisch im Garten gedeckt und trägt das Essen in großen Schüsseln heran. Vito will wissen, was ich arbeite. Da ich auf solche Fragen nicht vorbereitet bin, sage ich geradeheraus, ich sei bei der Post und sortiere Briefe. Seine Augen scheinen dabei noch kleiner zu werden, scheinen beinahe zu verschwinden in einem Nest aus winzigen Falten. Lucy schöpft das Essen in die Teller und sagt lachend, das mit der Post sei nur vorübergehend, denn ich würde nächstes Jahr mit dem Studium beginnen. »Natürlich«, sagt Vito und lächelt jetzt, und wir stoßen an mit dem Wein, der viel zu warm ist, weil sich an diesem Abend die Hitze angestaut hat, schwer in der Luft lagert, nirgendwohin entweichen kann und die Haut und alles, was man anfaßt, mit einem feuchten klebrigen Film überzieht. Die roten Geranienköpfe hängen von der Brüstung des Klosters herunter, obwohl sie vor wenigen Minuten bewässert wurden. Vito erzählt, er sei Hotelier und ungeheuer beschäftigt, er baue gerade eine Kette von neuen Hotels für das Jahr zweitausend, in dem die hunderttausend Pilger erwartet werden. Einige der Hotels seien schon jetzt ausgebucht, bevor sie überhaupt stünden. »Für diese Menschenströme müssen wir gerüstet sein«, sagt er immer wieder und atmet dabei wie ein schnaubendes Flußpferd durch die Nase. Vito und Lucy reden während des ganzen Essens so viel und schnell, daß ich bald, zugeschüttet von ihren Wörtern, taubstumm am Tisch sitze und aufgebe, der Unterhaltung zu folgen. Vito öffnet beim Reden den Mund, daß man die Vorderzähne sehen kann, eine Reihe kleiner weißer Stummel. Ununterbrochen fällt er Lucy ins Wort, was sie aber überhaupt nicht zu stören scheint, denn jedesmal nickt sie dabei voller Zustimmung, läßt sich bereitwillig einlullen von seiner Stimme und dem sauberen hellen Klang seines in regelmäßigen Abständen aufschnappenden Feuerzeuges. Kleine glitzernde Schweißtröpfchen haben sich auf Vitos Stirn und Nasenspitze gebildet. Plötzlich rückt er seinen Stuhl näher zu Lucy und sitzt nun direkt vor den Friedhofspappeln, die hinter ihm aufragen, als wüchsen sie aus seinem Kopf. Hastig stehe ich auf, räume den Tisch ab und verschwinde so schnell wie möglich.

In der Küche höre ich von fern ihre Stimmen, ihre immer lauter und aufgeregter werdenden Stimmen, die sich allmählich einpuppen und gemeinsam einen Kokon aus Wörtern bilden. Und Lucys Kichern in Vitos Lachen hinein, in dieses hingeworfene Lachen, das keine Freude in sich birgt; nur eingepflanzte, satt gewordene Zufriedenheit.

Die Luft liegt wie ein knisterndes Seidentuch über dem Dorf. Der Dorfplatz mit einer Kirche und einem Brunnen in der Mitte ist ein Gefäß, das die Bewohner am Abend sammelt und zusammenbringt. Darin herrscht ein Gewirr von Kindergeschrei, Männerstimmen und Gelächter der Frauen. Vor der Bar sitzen die alten Männer in ihren Hausschuhen über Tische gebeugt und spielen Karten. Das Licht im Innern der Bar strahlt über den Platz. Nur die schmucklose Kirche auf der anderen Seite steht völlig im Dunkeln. Die Gasse neben der Kirche entlanggehend, komme ich zum alten Tor und vor die Dorfmauer. Von hier aus hört man nur das Bellen eines Hundes, nichts mehr ist vom Leben auf dem Platz zu spüren. Die Dorfmauer im Rücken, blicke ich hinunter auf die in der Ebene liegende Stadt. Die beleuchteten Straßen tasten sich wie die Fühler eines Insekts in die angrenzenden Wälder hinaus. Dahinter ragt der langgezogene Bergrücken auf. Wenige Tage nach meiner Ankunft bin ich mit Lucy dort oben gewesen. Wir hatten das Haus schon früh am Morgen verlassen, um uns die Umgebung anzusehen. Sie zeigte mir unzählige kleine Dörfer, die ganz aus hellem Stein gebaut sind und in denen nur Katzen und alte Menschen zu leben scheinen; und schließlich, als wir schon erschöpft waren von der Hitze und dem Anblick der Tabak- und Sonnenblumenfelder, fuhren wir auf den Berg. Eine halbe Stunde lang fuhren wir durch den Wald und das Gebüsch, und die jungen Bäume, die über den Weg wucherten, klatschten gegen die Scheiben. Oben angekommen, gingen wir durch das stopplige, von der Sonne gebleichte Gras. Die Dörfer, durch deren Gassen wir vorher spaziert waren, sahen von hier wie ausgefranste Flecken aus. Dort, wo wir standen, war nichts, kein einziger Baum, nur eine schwindelerregend weite Fläche. Mein Herzschlag drückte gegen den Pullover, und am liebsten wäre ich zu Boden gesunken und hätte mich nicht mehr bewegt. Aber da war Lucy, die lachend den Kopf in den Wind warf und voller Stolz über die Landschaft redete, als hätte sie sie selbst erschaffen. »Nachts ist es hier recht unheimlich, was meinst du?« fragte ich. Sie blickte mich an, als hätte ich etwas völlig Überflüssiges gesagt. Plötzlich wankte der Boden unter meinen Füßen, als ginge ich auf dem Rücken eines schnaubenden Tieres, das sich gerade aufrichtet. Der Himmel drohte aufzugehen, und auf einmal war es hart unter mir, und ich versuchte mich auf den kleinen rötlichen Punkt links unter Lucys Mundwinkel zu konzentrieren, aber ihr Gesicht, das sich über mich gebeugt hatte, brach schwarz auseinander.

Als ich wieder zu mir kam, lag ich auf dem Rücksitz des Autos, zusammengerollt unter einer Decke. Der Geruch von frischem Brot hatte mich aufgeweckt. Unter mir schnurrte der Motor. Ich blickte auf Lucys Hinterkopf, der bewegungslos über das beige Sitzpolster ragte, und auf ihre um das Steuerrad geklammerten Hände. Der Regen klopfte auf das Dach und strömte in hundert winzigen Flüssen an den Fensterscheiben herab, und ich wußte nicht warum, aber ich fühlte mich satt und zufrieden und lächelte in mich hinein.

Die Kirchenglocken schlagen jetzt ein Uhr. Bestimmt bleibt Vito heute nacht im Haus. Langsam gehe ich zum

Dorfplatz zurück. Die Bar ist noch immer geöffnet, nur die Kinder und Frauen sind verschwunden. Kurz entschlossen gehe ich durch den Vorhang aus bunten Plastikstreifen und stelle mich an die Theke. In einem angrenzenden Raum spielen drei Männer Billard. Das Aufeinanderschlagen der Kugeln wird begleitet von gelegentlichen Ausrufen und Flüchen. Neben mir an der Theke steht ein dicklicher Mann in einem karierten Hemd, das aus der Hose hängt, und der dauernd Pistazien aus einem kleinen Kasten zieht. Mit den Zähnen knackt er die Schale auf und läßt sie auf die Theke fallen. Der Kellner im schwarzen Gilet beobachtet mich mißtrauisch aus den Augenwinkeln, bevor er mich fragt, ob ich etwas trinken möchte. Ich bestelle Portwein und setze mich an einen leeren Tisch, so, daß ich auf den Billardtisch sehen kann. Zwei der Spieler bewegen sich auf die gleiche schwerfällige Art. Sie sehen aus wie Brüder. Beim Spielen haben sie den Mund geöffnet. Ihre Lider sind ein wenig nach unten gezogen, als würden sie gleich einschlafen. Der dritte, ein bleicher, sterbenskrank hohlwangig junger Mensch, geht ununterbrochen um den Billardtisch herum und klopft nervös mit dem Billardstock auf den Boden. Sie haben mich alle sofort bemerkt, doch jetzt blicken die Brüder immer häufiger in meine Richtung und reden plötzlich lauter. Der Junge schaut mir ins Gesicht, ohne zu lächeln. Während er seinen Kopf über den grünen Filz der Spielfläche beugt, fällt ihm das Haar vorn über die Augen. Ich habe keine Ahnung von Billard, aber ich schaue ihnen zu, als wüßte ich genau, worauf es ankommt. Plötzlich, mitten im Spiel, stellen die Brüder gelangweilt die Billardstöcke in den Ständer und gehen zur Theke. Der andere protestiert, mit dem Stock auf den Boden klopfend, aber die Brüder haben sich bereits an die

Theke gestellt und reden jetzt lebhaft, rücksichtslos in das Gespräch hinein, das der Kellner und der mit den Pistazien führen.

»Das ist immer so, wenn sie merken, daß ich gewinne, hören sie auf«, ruft er laut durch den Raum, obwohl er es nur zu mir sagt, denn er bringt eine Flasche Portwein und setzt sich zu mir an den Tisch. Er fragt mich, ob ich zu der Ausländerin gehöre. Er kann nur Lucy meinen, und ich sage ja, sie wäre meine Schwester. Der Gedanke, daß sie tatsächlich meine Schwester sein könnte, ist in gewisser Hinsicht erleichternd, und ich nehme mir vor, Lucy von nun an nur noch als meine Schwester vorzustellen.

»Luciano«, sagt er und streckt mir eine Hand hin. Die Brüder lachen und drehen immer wieder die Köpfe nach uns um. Luciano sagt, wie er gehört habe, sei der Mann meiner Schwester bei einem Autounfall ums Leben gekommen. Er selbst habe die Unfallstelle gesehen, unten am Fuße des Hügels. Ich nicke wortlos. Im Bus hat Lucy immer, kurz bevor wir an der Stelle vorbeifuhren, angestrengt vom Fenster weggeblickt. Dutzende Male sind wir schweigend daran vorbeigefahren. Dort, wo der Wagen ausbrannte, ist jetzt ein Fleck schwarzer Erde. Von Alois ist kein Körperteil zurückgeblieben. Und keine Asche. Die wurde unmittelbar danach vom Wind fortgetragen. Geschleudert und explodiert, stand im Protokoll der Polizei. Keiner hat daran gedacht, daß er es absichtlich getan haben könnte. Lucy hat so lange bei Doktor Alberti von einem grauenhaften Unfall gesprochen, bis sie es selbst glaubte. Wahrscheinlich hat Alois schon lange darüber nachgedacht, wie er sich umbringen könnte. In seinem Keller, wenn er die Farben mischte, beim Essen, morgens, wenn er aufwachte, Lucy neben sich, die zu einem

Embryo gekrümmt neben ihm lag. Und auch damals, als er ratlos vor dem Fenster gestanden und mich gefragt hatte, ob ein Haus wie ein alter Mensch plötzlich in sich zusammenbrechen könne. Da hat er es bereits gewußt. Zwei Tage später, ich saß vor dem Fernseher, läutete das Telefon.

»Hier ist das Städtische Krankenhaus. Sind Lucy und Alois Hagenbach Ihre Eltern?« fragte eine weibliche Stimme. Ich konnte sie kaum verstehen. Auf dem Bildschirm prügelten sich gerade zwei verfeindete Jugendbanden auf einem verlassenen Fabrikgelände. »Ja. Das heißt nein... also, Lucy ist meine Mutter.«

»Herr Hagenbach hatte einen schweren Autounfall, auch Ihre Mutter liegt bei uns«, fuhr die Stimme fort. Während der Busfahrt zum Spital starrte ich durch das Fenster wie durch ein Vergrößerungsglas auf den Rinnstein; Gras wuchs aus den Ritzen des beschädigten Asphalts, ich zählte die zerknüllten Zigarettenpäckchen, den weggeworfenen Abfall. In der Nähe der Stadt lag eine tote, von der Hitze aufgeblähte Katze zusammengeschaufelt am Straßenrand. Ich hatte keinen Zweifel, daß Alois diesen Unfall absichtlich herbeigeführt hatte. Ich erinnere mich genau an die dunkelrote Eingangshalle des Spitals, an das Café in dem alte Tanten in geblümten langen Nachthemden hockten und mit Dessertgabeln riesige Tortenstücke zerdrückten, bevor sie sie in den Mund steckten. Ich höre noch ihr matschiges Kichern. Ich starrte auf das rechteckige Schildchen »Frau Jasinovic«, während die Frau hinter der Anmeldung auf dem Computer Lucys Zimmernummer suchte. »Nummer 237«, sagte sie mit einer Stimme, die man sich als Kind wünscht, von jemandem, der Geschichten vorliest. »Sie lesen Ihren Kindern aus Tausendundeiner Nacht vor, nicht wahr?« Ich glaube, daß ich sie das tatsächlich gefragt habe, und in meiner Erinnerung hat sie sich zu mir vorgebeugt, so, daß ich ihren warmen Atem auf der Gesichtshaut spüren konnte, der in mir das Bild eines Korbes frischgewaschener Wäsche hervorrief, und hat gesagt: »Sie brauchen keine Angst zu haben, Ihrer Mutter geht es schon wieder besser. Sie liegt auf 237.« Die ganze Zeit über, in der ich durch die endlosen Gänge gerannt bin, vorbei an den hellroten Wartestühlen, den glänzenden Gummibäumen und den Krankenschwestern, die schlafwandlerisch Betten vor sich herschoben, auf denen man nur gewölbte braune Wolldecken sehen konnte, hatte ich an Signora Jasinovic gedacht, daß sie immer da sein und aus Tausendundeiner Nacht vorlesen wird. Ich bin ziemlich lange in diesem Labyrinth von Gängen herumgeirrt, bis ich das Zimmer 237 gefunden habe, aber als ich vor der Tür stand, bin ich nicht sofort hineingegangen. Es eilte ja nicht mehr. Alois, das Versteck, in dem Lucy sich verkriechen konnte, war weg. Die glatte weiße Tür vor mir, dachte ich, daß sich Lucys Leben jetzt vor meinen Augen abspielen und nicht mehr länger dieses große Geheimnis bleiben würde, das bisher, wie ein immer hungriges Raubtier, den Grund, den Boden, auf dem ich zu gehen gedachte, rücksichtslos verschlungen hatte. Es war für mich die Zeit gekommen, unverzichtbar und endlich ein Teil von Lucys Leben zu werden.

Luciano führt mich, die Hand um meinen Ellbogen gelegt, aus der Bar. Die Brüder gehen die Straße neben der Kirche entlang. Luciano ruft ihnen zu, daß sie endlich abhauen sollen. Sie verschwinden grölend hinter der Kirche. Der Kellner schließt die Tür und macht das Licht aus. Der Brunnen ist von innen beleuchtet; das ist jetzt das einzige Licht, und Luciano hält meinen Ellbogen umklammert, bis wir uns auf die Stufe vor dem Brunnen setzen. Ich kann mich nicht erinnern, was er die ganze Zeit in der Bar alles geredet hat, jedenfalls ist er oft aufgestanden, um Portwein zu holen. Auf den Brunnen sind Figuren gemeißelt. Sie lächeln stoisch aus dem Stein heraus, und ich frage Luciano, ob er eine Ahnung habe, wen sie darstellen. »Irgendwelche Heiligen eben«, sagt er ungeduldig und zupft mich am Ärmel. »Gehen wir.« Sein Zimmer liegt im Dachstock eines Mietshauses. Es herrscht eine brütende Hitze hier oben, nur durch das kleine Dachfenster kommt ein Hauch frischer Luft herein. Neben der Matratze in der Ecke stehen ein Ghettoblaster und ein Kistchen. Darauf steht, hinter einer Kerze und einer Plastikrose, ein goldener Rahmen mit einem Zeitungsartikel über Kurt Cobain. Luciano hat ihm einen Altar gebaut. Zeitschriften und Kleidungsstücke liegen auf dem Boden verstreut. Er sagt, daß er nächste Woche fortgehe, in die Stadt, wo er Arbeit suchen und eine Band gründen werde. Er will Sänger werden. Luciano drückt mich in einen Sessel in der Mitte des Raumes, holt ein Bier aus der Küche und legt sich auf die Matratze. Eine Neonröhre erhellt das Zimmer mit gelbem Licht, das Lucianos Gesicht eine noch kränklichere Hautfarbe verleiht und die Schatten unter seinen Augen deutlich hervorholt. Wir stellen fest, daß wir am gleichen Tag auf die Welt gekommen sind, weshalb wir wie blödsinnig zu lachen anfangen. Seine Hand zittert dabei so, daß er etwas Bier über der Decke verschüttet, worauf wir noch mehr lachen müssen.

»Findest du, ich sehe krank aus?« fragt er plötzlich.

»Ja, wenn ich dich genau anschaue, ja.«

»Gut. Ein Sänger sollte nämlich möglichst krank aussehen.« Er zieht sich ein paar Haarsträhnen in die Stirn und schaltet den Ghettoblaster an. Die Stimme von Kurt Cobain knattert durchs Zimmer. Luciano sagt, er habe seine Stelle als Koch verloren, weil das Restaurant, in dem er gearbeitet hat, abgerissen wird; ein Hotel wird jetzt dorthin gebaut. Er kichert böse und nimmt noch einen Schluck.

»Nächste Woche haue ich sowieso von hier ab.«

»Sind die beiden, mit denen du Billard gespielt hast, deine Freunde?« frage ich.

»Die Palmisano-Brüder, meine Freunde?«

Er lacht höhnisch auf.

»Das sind die Dorftrottel. Die Kinder im Dorf erzählen sich Brüder-Palmisano-Witze. Sie sind nicht ganz gescheit, verstehst du?« Er tippt sich an die Stirn.

»Die sind behindert im Kopf, und ausgerechnet die wollen unbedingt einmal am Osterfest den Jesus spielen. Aber die Veranstalter weigern sich.« Er nimmt ein Foto aus seiner Brieftasche.

»Da war ich dran.«

Auf dem Foto ist eine Schar von Leuten abgebildet beim Gang über den Dorfplatz. Im Vordergrund sieht man den als Jesus verkleideten Luciano an ein Kreuz gebunden, das von vier Männern in die Höhe gehalten wird. Es ist das Osterfest, das man jedes Jahr in diesen Dörfern feiert und an dem einer der jungen Männer ans Kreuz gebunden und zum Gedenken an die Auferstehung Jesu durch das Dorf getragen wird. Luciano hält die Bierdose vor den Mund und beginnt wie in ein Mikrofon hineinzusingen. Völlig falsch und mit heiserer Stimme, und ich lache ihn im Sessel sitzend lauthals aus, was ihn nicht davon abhält, die

Stimme anzuheben und immer lauter weiterzusingen. Ich stehe auf, um in der Küche etwas zu trinken zu holen. Im Abwaschtrog stapelt sich schulterhoch schmutziges Geschirr; in einer Pfanne ist ein Gericht bis zur Unkenntlichkeit mit dem weißen Flaum von Schimmel überwachsen. Das Gitter des Dampfabzuges ist verkrustet von gelbem Fett. Luciano muß hier einmal viel gekocht haben, aber jetzt ist alles schmutzig. Es sieht nach Auszug aus. Zwischen leeren Packungen und Brosamen hebe ich eine zerknüllte Visitenkarte vom Boden auf; in geschwungener Schrift steht da sein Name und die Adresse eines Restaurants. Beim Suchen nach einem sauberen Glas stoße ich zwischen den Geschirrbergen auf eine Azalee in einem Topf mit trockener Erde. Die Blätter sind abgefallen. Ich stelle die Azalee unter das fließende Wasser, bis die Erde durchtränkt ist. Als ich ins Zimmer zurückkomme, liegt Luciano mit geschlossenen Augen unter der Decke, die Kleider neben der Matratze auf einen Haufen geworfen. Er ist eingeschlafen. Aus der umgekippten Bierdose neben der Matratze sickert etwas Flüssigkeit heraus; daneben liegt Lucianos bleiche gekrümmte Hand wie ein Halbmond auf dem Teppich. Im Treppenhaus knarren laut die Stufen. Ich komme mir vor wie ein Verbrecher und schleiche mich auf Zehenspitzen hinunter. Es ist schrecklich, nachts ein Treppenhaus hinabzugehen, an Türen vorbei, hinter denen fremde Leute schlafen. Hinter den Türen vermute ich große Betten, auf denen dicht aneinandergekuschelt Menschen liegen. Schlafende Körper, die warme atmende Hügel bilden und durch meinen Lärm aufgeweckt zu beben beginnen. Ich glaube, hinter einer Tür ein Fluchen zu hören. Endlich draußen, hallen meine aufschlagenden Absätze durch das schlafende Dorf. Gestört durch den Lärm meiner eigenen Schuhe, ziehe ich sie aus. Die Luft ist angenehm abgekühlt, aber aus dem Boden steigt Wärme in meine Füße, und ich bilde mir ein, der Boden, auf dem ich gehe, ist die oberste Hautschicht eines lebendigen Wesens, einer Art Seekuh vielleicht, und, wie versöhnt durch diesen Gedanken, mache ich den Umweg vor die Dorfmauer und blicke nochmals hinunter in die Ebene. Der Berg ist unsichtbar eingefügt in die schwarze Nachtwand, auch die Stadt davor ist ausgelöscht, nur einzelne Lichter blinken noch darin, störrisch aufgeregt und wie im Traum.

Der Schlaf ist dunkel. Die Sonnenstrahlen haben sich durch die Lücken der Jalousien gedrängt. Klebrig feucht wache ich auf, nach einem kühlen Stück Decke suchend, das noch ein paar Minuten Schlaf ermöglicht. Von der Sonne erhitzt, mit trägen Knochen warte ich verzweifelt auf ein letztes bißchen Schlaf, der sich aber ein für allemal davongemacht hat. Unten in der Küche riecht es nach Putzessig. Lucy hat saubergemacht. Das Geschirr steht ordentlich auf den Regalen. Der alte Gasherd und die Ablage glänzen. Auf dem Küchentisch liegt eine Notiz: Verbringe das Wochenende bei Vito. Gruß Lucy. Ich stelle den Wasserkessel auf den Herd und setze mich an den Tisch. Ein dünner Schrei verhallt in meinem Kopf, gefolgt von einer Wolke erstickten Lachens. Ich sehe einen Sack mit einer strampelnden Katze ins Wasser klatschen. Und das Haus, in dem ich sitze, ist kein Haus. Meine Hände liegen wie festgenagelt auf dem Holz des Küchentischs. In plötzlicher Todesangst stelle ich den Herd wieder ab und stürze hinaus. Der Weg in die Stadt führt in einer Schlangenlinie den Hügel hinab. Mit mir sitzen ein paar alte Frauen im Bus, die sich angeregt mit dem Chauffeur unterhalten. Ich atme auf, während ich den Chauffeur dabei beobachte, wie er beim Sprechen den Kopf nach hinten dreht. Die Hände lösen sich zuweilen vom Lenkrad, um in wilden Gesten etwas zu erklären. Der Bus rast auf der immer breiter werdenden Straße in die Stadt. Zwischen dem Bahnhof und dem Einkaufszentrum halten wir an. Ein großer Komplex aus Marmor. Ich weiß noch, wie ich vor einem Jahr aus dem Bahnhof kam, auf wackligen Beinen vom stundenlangen Sitzen, ein Bündel aus Angst und Freude vor der Begegnung mit Lucy, und dann stand da dieses Einkaufszentrum. Ein gigantischer Quader aus rotem Marmor, der in der untergehenden Sonne leuchtete, und es war, als ob er die gesammelte Hitze des Tages ausstieß, so flimmerte er vor meinen Augen. Der weiße Platz davor sah aus wie frisch gewaschen, und obwohl viele Leute darauf gingen, schien er leergefegt. In einer Gasse zwischen zwei der eng aneinanderstehenden Häuserreihen befindet sich das Orion. Ein kleines Kino, in dem es nach Himbeereis, Popcorn und Pisse riecht. Drei weitere Leute kommen in die Nachmittagsvorstellung, einer davon, ein junger Mann mit dünnem blonden Haar und hellgrünem Blazer, setzt sich zwei Plätze neben mich. Auf der Leinwand geht ein amerikanischer Ehemann in sein heruntergekommenes Einfamilienhaus, das dicht an einer Autobahn steht, stellt eine Tüte mit Nahrungsmitteln auf den Küchentisch und trommelt seine Familie zusammen. Nachdem die Kinder wie kleine Säue gefressen haben und wieder aus dem Haus verschwunden sind, steckt der Mann seiner Frau ein Steak in den Mund, legt sie auf den Küchentisch und holt ihre Brüste aus dem gelben Sommerkleid. »Nicht hier auf dem Küchentisch«, sagt sie mit vollem Mund, »die Kinder...«

»Na und«, und er beißt ihr in die Brustwarzen.

»Bitte«, klagt sie, darauf trägt er sie ins Wohnzimmer aufs Sofa.

»Weißt du noch?«

Sie lacht, und ihr Gesicht ist hart und schön.

»Mit welchem Geld hast du eigentlich das viele Essen gekauft«, flüstert sie in sein Ohr.

»Mit dem letzten Lohn, mir wurde heute gekündigt«, flüstert er zurück. Sie stößt sich von ihm ab und beginnt, mit den Füßen verärgert auf den Boden stampfend, in einem fort zu fluchen. Entnervt fährt der Mann ins Royal. Dort in einer Bierhalle trifft er seine Kollegen, um sich zu besaufen. Spät in der Nacht lädt er alle zu sich nach Hause ein. Und dann, inmitten des Saufgelages, entzündet sich der Streit des Ehepaares. Schlagartig flüchten die Kollegen aus dem Haus; die Bierflaschen noch an den Lippen, fahren sie auf ihren dröhnenden Harleys zurück ins Royal. Während die Eltern das Mobiliar zertrümmern, sieht man die Kinder im oberen Stock wach in den Betten hocken, zusammengekauert mit weit aufgerissenen Augen.

Eine Familie erscheint, lächelnd mit Eistüten in den Händen; ein Gongschlag läutet die Pause ein. Der junge Mann neben mir holt sein Funktelefon aus dem Blazer und beginnt zu telefonieren. »Scheißfilm«, höre ich ihn sagen. Nichtachtend, daß der Film weitergeht, redet er ununterbrochen in den Hörer, ohne noch einen Blick auf die Leinwand zu werfen. Dort spitzt sich der Streit zu. Er schreit. Sie schreit. Dann packt er sie, sie fliegt durchs Wohnzimmer, donnert gegen die Wand des Einfamilienhauses und stürzt blutüberströmt vornüber. »Dreckskerl«, keucht sie, er reißt ihr das Sommerkleid mit seinen fletschenden Händen in Stücke.

Der Telefonmensch unterdessen wird immer lauter, sein Blick ist während des Sprechens auf die Schuhspitzen gerichtet:

»Wenn schon ein Auto, dann ein Auto mit Airbag. Besonders, wenn man an Nachwuchs denkt.«

Am anderen Ende piepst eine Frauenstimme:

»Ich habe gar nicht gewußt, daß du Kinder willst.«

»Na, na!«, sagt er, jetzt mit einer gespielt tiefen Stimme, die wahrscheinlich beruhigend klingen soll, »wir wollen sehen.«

Dann steht er auf und blickt mich an, gehässig vorwurfsvoll, als ob ich gelauscht hätte, und verläßt federnd in seinen mintgrünen Turnschuhen das Kino.

Von weitem schon höre ich die traurige Melodie einer Drehorgel. Die Musik erleichtert mich nach diesem Film, und ich stelle mir den alten Mann vor, der die Drehorgel spielt. Ein aufwendig geschminktes Grinsen im Gesicht, dreht der Drehorgelspieler die Kurbel. Auf der Orgel, die glänzt, als käme sie gerade erst aus der Fabrik, sitzt ein kleines Plüschäffchen. Ein paar Kinder stehen Eis essend davor und hören zu. Sowie ich hinter ihm vorbeigehe, fällt mein Blick auf einen CD-Player am Boden. Die Drehorgel ist eine Attrappe. Rasch gehe ich weiter. An einem Stand kaufe ich eine Kugel Bananeneis. Irgendwo habe ich mal gelesen, daß Bananen froh machen. Dieses Bananeneis schmeckt aber nach überhaupt nichts, im Mund ist nur alles süß und klebrig; in den nächsten Abfallkübel lasse ich den Rest hineinfallen.

Durch das Schaufenster eines Friseurgeschäftes schaue ich mir die Friseursessel an, die luftig und leicht aussehen, obwohl sie dick gepolstert sind. Sie gehen mir nicht aus dem Kopf, und ein paar Straßen weiter kehre ich um und trete in das Geschäft ein. Eine stark geschminkte ältere Frau setzt mich in eine der Wolken hinein und bittet mich zu warten. Sie verschwindet hinter einer schmalen Tür; ich höre, wie sie im Nebenraum auf jemanden so einredet, wie man mit einem unfolgsamen Kind spricht. Dann kommt sie zurück mit einem Stapel Katalogen auf den Armen. Sie zeigt mir alle Varianten von Frisuren, Dauerwellen und Tönungen. Ich will aber nur eine Weile in der Wolke sitzen und sage, daß sie nur die Haarspitzen schneiden soll. Sie wendet sich ab, ruft vorwurfsvoll: »Mario«, und aus der schmalen Tür tritt ein junger Mann. Er kommt durch den Raum mit lässig schlenkernden Armen, als wolle er sagen, daß er diesen Friseursalon und die alte Chefin, die, jetzt hinter dem Ladentisch stehend, verstohlen zu uns herüberblickt, keineswegs nötig hat. Mit teilnahmsloser Miene rollt er die Wolke zu den Waschbecken. Das Wasser rauscht eiskalt auf meinen Kopf, und ich überlege, ob die Chefin ihn vorher hinter der Tür verärgert und er jetzt absichtlich das Wasser auf kalt gestellt hat und sich ihren Kopf vorstellt, während er unsanft seine Hände in meine Haare gräbt.

Nachdem er die Haare gewaschen hat, schiebt er mich vor den Spiegel. Darin sehe ich das Schaufenster. Im Schaufenster fährt ein Auto doppelt die Straße entlang und dann spiegelverkehrt frontal auf sich zu. Aufmerksam verfolge ich zwei vollgestopfte Busse, die lautlos ineinanderfahren, und die plötzlich auftauchenden Passanten im Fenster, Doppelgänger, die auf sich zugehen und plötzlich verschwinden, als würden sie an einer bestimmten Stelle im Boden einfach weggesaugt.

Das Klappern der Schere holt mich in den Friseurstuhl zurück, Mario schneidet mit trotzig-gleichgültigem Gesicht an meinen Haaren herum. Kurz darauf fliegt die Eingangstür auf; ein Mädchen mit einer orangefarbenen Sonnenbrille und einem Cellokasten tritt ein. Es ist das Mädchen, das ich immer beim Reiterdenkmal gesehen habe. »Rea«, ruft die Frau, springt hinter dem Ladentisch hervor und schiebt ihr eine der Wolken hin. Rea scheint eine Stammkundin zu sein, sogar Mario nickt ihr im Spiegel zu und verzieht den Mund zu einem gefrorenen Lächeln. Ich will mich schon aus der Wolke erheben, als Mario mir eine Haube über den Kopf stülpt. Er drückt auf einen Knopf und sagt, daß es eine halbe Stunde dauern wird. Ich möchte ihn noch fragen, *was genau* denn eine halbe Stunde dauern wird, da ich ja nur die Haarspitzen habe schneiden lassen wollen, aber er ist schon weg, hinter der schmalen Tür verschwunden. Die Drähte und Röhrchen der Trockenhaube glühen, ich halte den Kopf ganz still, aus Angst, die Haare an einem der Drähte zu verbrennen. Aus den Augenwinkeln sehe ich Rea und die Frau, die ihr die Haare mit einer nach Putzmittel riechenden Flüssigkeit einreibt. Die Röhrchen der Haube surren und knacken, daß ich nichts anderes mehr höre und der Mund der Frau lautlos auf und zu schnappt. Die Flüssigkeit hat das dunkle Blond aus Reas Haar herausgewaschen. Sie sitzt in der Wolke, eine weiße Helligkeit auf dem Kopf, das farblose Haar einer alten Frau.

Immer am Abend kommt ein Mönch auf die Loggia des Klosters und gießt die Geranien. Das Wasser tropft mit einem leise klatschenden Geräusch aus den Blumenkisten auf die Straße hinunter, die das Kloster von unserem Garten trennt.

Ich stelle den Teller mit gebratenen Auberginen auf den Tisch. Heute mittag ist Lucy zurückgekommen. Sie wirkt aufgeräumt, als käme sie von einem Ort, an dem die Luft gut ist und eine klare Sonne scheint.

»Wie hast du das Wochenende verbracht?« Eines der dunkelvioletten Aubergine-Stückchen verschwindet hinter ihrem angemalten Mund. Ein Geruch nach Sand und Meer geht von ihr aus, und ich merke, wie ich ihre roten Fingernägel anstarre und mir dabei vorstelle, wie sie sie lackiert hat, an einem Morgen in Vitos weißgekacheltem Badezimmer.

»Bist du in der Stadt gewesen?«

»Nein«, lüge ich, weil sie sonst fragen würde, was ich in der Stadt getan hätte und wie der Film gewesen sei, und ich auf solche Fragen nie eine Antwort weiß.

»Du kannst doch nicht immer hier sein. Das ist ja trostlos.«

»Warum nicht? Es ist schön hier.«

»Ich finde, du solltest ab und zu in die Stadt gehen. Übrigens habe ich jetzt ein Auto. Vito hat mir eines geliehen.«

In diesem Moment beginnen in Giuseppes Keller wieder die Vögel zu kreischen.

»Geht das jetzt wieder los. Möchte wissen, wie die in seinem Keller leben müssen«, sagt Lucy übertrieben teilnahmsvoll.

»Die flattern da einfach rum, was denn sonst.«

Nach dem Essen will Lucy mir das Auto zeigen.

Wir gehen zum Parkplatz vor die Dorfmauer. Dort steigen wir in einen länglichen Wagen, in dem es nach Leder riecht.

Die Luft aus der Klimaanlage ist so kalt, daß sich die blonde Haarsteppe auf unseren Armen aufrichtet. Lautlos rollen wir den Hügel hinab.

»Wirst du Vito jetzt öfter treffen?« frage ich.

Lucy nickt kaum sichtbar.

»Er scheint ziemlich reich zu sein.«

»Eigentlich geht es dich ja nichts an«, sagt sie, »aber er hat das Vermögen seines Onkels geerbt.«

»Schön, dann hat er ja Zeit für dich«, sage ich und freue mich, daß es unverschämt geklungen hat, aber Lucys Mund bildet eine unbewegte horizontale Linie. Sie sitzt so selbstverständlich hinter dem Lenkrad, als hätte sie immer schon in diesem Auto gesessen. Es ist der erste Gegenstand, den sie aus Vitos Welt mitbringt, aber schon bald wird sich das Haus verändern, mit Vitos Geschenken füllen, seine und ihre beiden Stimmen werden zwischen den Wänden, in denen Alois gelebt hat, emporsteigen, und es wird so natürlich sein, als hätte es nie etwas anderes gegeben. Lucy ist ins Nachbardorf gefahren. Das Dorf ist eine einzige große Baustelle. Wir steigen aus und blicken hinter einen Gitterzaun, in eine etwa fünfzehn Meter tiefe Baugrube. Arbeiter in gelben Overalls schaufeln Erdklumpen auf Förderbänder, Bagger krallen ihre Schaufeln in den Boden, heben Steine hoch und lassen sie in eine Mulde donnern. Lastwagen fahren schwer beladen davon, und die Betonmischer bereiten das Fundament für die Tiefgarage des Hotels vor. Neben uns stehen Kinder, die Finger um das Gitter geklammert, und wetteifern mit lauten hellen Stimmen, die den Baulärm nur mit größter Anstrengung zu übertönen vermögen, wie lange es noch dauern wird, bis das Hotel steht. Lucy ist zum Auto zurückgekehrt und frisiert sich im Rückspiegel. Ich frage sie, ob das hier eines von Vitos Unternehmen ist, aber sie zuckt nur gleichgültig mit den Schultern und läßt den Motor an. Ich hoffe, sie fährt noch weiter, irgendwohin an einen Ort, an dem wir noch nie waren, aber sie fährt denselben Weg zurück, den wir gekommen sind. Eine Leichtigkeit umgibt Lucy wie eine undurchdringliche Glocke, und nur um etwas in Bewegung zu setzen, drücke ich auf den Knopf, der das Fenster hinuntersurren läßt. Das Bild von Lucys gleichgültig zuckenden Schultern im Kopf, ist mir plötzlich alles völlig egal, und ich beuge mich zu ihr und zische an ihre Wange: »Wenn du schon nicht sagen kannst, ob es Vito war, der das halbe Dorf hat abreißen lassen, um seine Hotels zu bauen, könntest du mir jetzt wenigstens erzählen, was mit Alois geschehen ist. Es war doch kein Unfall, nicht wahr? Ein einziges Mal zumindest sollten wir darüber sprechen, wir wissen doch beide, daß du Alberti angelogen hast.«

Ich sage das alles ganz schnell und kalt und merke, wie die Sätze hängenbleiben. Das Blut ist aus Lucys Lippen gewichen, in den Mundwinkeln kleben ein paar rosa Krümel ihres Lippenstiftes. Schweigend rast sie die kurvenreiche Straße hoch. Über den Olivenbäumen, die den Hügel bedecken, sieht man bereits ein Stück der Dorfmauer. Dort schaue ich hinauf und warte darauf, daß das Dorf mit jedem Meter, den wir zurücklegen, mehr zum Vorschein kommt. Langsam senken sich die Sätze, schwer wie Eisenbalken, herab. Drücken mich in den Sitz hinein und bleiben bewegungslos auf mir liegen, bis wir im Haus sind und jeder auf sein Zimmer geht.

Im Traum sitzt Lucy in einem weißgekachelten Badezimmer. Mit einer merkwürdigen Verkrümmung ihres Körpers lackiert sie die Zehennägel. Ich möchte mich für etwas entschuldigen und dabei meine Hand auf ihren Kopf legen. Aber als ich die Hand ausstrecke, lege ich sie auf einen nackten Schädel. Kein einziges Haar ist auf Lucys Kopf.

Ich rufe meinen Vater, der in der Ecke steht. Aber anstelle eines Mundes hat er eine Reihe kleiner roter Kreuze. Auch die Augen sind Kreuze. Und als ich zu ihm hingehe, ist er eine winzige Stoffpuppe, die in meine Arme fällt. Ich habe aufgehört, aus Alpträumen schreiend aufzuwachen. Das Laken ist feucht vom Angstschweiß, und ich hänge es aus dem Fenster in die Sonne. Ich öffne alle Fenster im Zimmer, damit die Sonne hereinkommt und die Träume aus dem Raum wegtrocknet. Ich hasse meine Träume. Aber ich schreie nicht mehr.

Heute ist Lucys fünfundvierzigster Geburtstag. Mit einem Tablett mit dem Frühstück drauf gehe ich in ihr Zimmer. Auf ihrem Bett liegt ein zerknülltes Laken.

Der Garten ist erst dann richtig schön, hat Lucy einmal gesagt, wenn neben der Treppe, die in den Garten führt, ein Feigenbaum steht. Mit dem Bus fahre ich ins nächste Dorf.

Ein wenig außerhalb, an einer Autostraße, gibt es ein Pflanzengeschäft. In einer Betonhalle stehen Bäume in tönernen Töpfen. Vor einem jungen Feigenbaum bleibe ich stehen. Über dem Stamm, schwächlich wie ein abgemagertes Bein, wachsen die Feigenblätter nach allen Seiten hin.

»Ein schöner Baum«, sagt die Verkäuferin, die hinter einem Gestrüpp hervorkommt und eine Gießkanne in der Hand hält.

»Und er wird groß«, sie stellt die Gießkanne auf den Boden und macht eine Bewegung mit dem Arm. »Feigenbäume können bis zu zehn Meter hoch werden.«

Die Verkäuferin bindet ihn mit einer Schnur zusammen. Auf der Schulter trage ich ihn hinaus.

Der Weg zur Busstation führt durch eine Allee. Bänke

stehen zwischen den Bäumen. Vor mir sitzen zwei junge Mädchen, die Köpfe zusammengesteckt. Über ein Heft gebeugt, lesen sie verschwörerisch flüsternd vor sich hin. Das aufgeschlagene Heft auf ihren Knien wirkt wie das Verbindungsstück einer einzigen gegossenen Figur. Sie sind versunken, aus ihrer Umgebung herausgeschnitten, und heben den Kopf auch nicht, als ich absichtlich laut hustend an ihnen vorübergehe.

Die Erde im Garten ist brüchig, aber der Baum steht. Er hat jetzt die Größe eines Haselstrauches, und die Früchte sind noch klein und hart. Es ist Abend, und obwohl wir nichts verabredet haben, denke ich, daß Lucy jetzt hier sein müßte. Ich überlege, ob sie später kommen wird, weil sie in einen der unvermeidlichen Staus geraten ist. In spätestens zwei Stunden fährt sie durch das Tor. Ich werde dorthin gehen und sie empfangen, und morgen früh, während ich noch schlafe, wird sie in den Garten gehen und mit einem Freudenschrei, durch den ich dann aufwachen werde, den Feigenbaum entdecken. Mit diesem Gedanken im Kopf verlasse ich das Haus.

Beim Tor angelangt, kommen vier etwa zwölfjährige Jungen aus der Richtung des Waldes. Einer hat ein kleines Fischernetz bei sich, die anderen tragen Kartonkistchen vor sich. Ihre stumpfen, zu Boden gerichteten Blicke hellen sich auf, sobald sie mich bemerken. Im Nu haben sie sich vor mir aufgestellt, mir den Weg versperrt, daß ich stehenbleiben muß. Einer öffnet sein Kistchen und hält es mir hin.

»Wollen Sie einen seltenen, wertvollen Schmetterling kaufen? Wir haben sie unter gefährlichsten Bedingungen gefangen«, sagt er, und die anderen nicken geschäftig.

»Sie sind unsere erste Kundin. Wir machen einen guten Preis. Wählen Sie aus.«

»Aber die sind ja tot«, sage ich. Etwa ein Dutzend Schmetterlinge liegen zusammengedrückt auf dem weißen Kartonboden.

»Na und? Aber sie sind wertvoll, verstehen Sie denn nicht?« Mit den Fingerspitzen packt er einen der Schmetterlinge am Flügel, hält ihn hoch und läßt ihn vor meiner Nase hin und her baumeln. Die Jungen rücken noch näher zusammen, bilden eine Mauer und blicken mich an, ungeduldig jetzt und aggressiv, weil ich nicht begreife.

»Jeder will doch so etwas besitzen, was Seltenes, vom Aussterben Bedrohtes!« Er schreit fast. Ich nicke und gebe ihnen schnell das Geld. Sie lassen mich gehen. Außer Sichtweite, werfe ich das Kistchen mit den toten Schmetterlingen in ein Gebüsch.

An die Dorfmauer gelehnt, die Handflächen gegen die Mauer drückend, warte ich darauf, daß Lucys Wagen hinter der Biegung der Straße auftaucht. Sie kommt nicht, und ich blicke auf die Fühler der Stadt hinunter und die Häuser, die wie Schiffe langsam in der Dunkelheit versinken. Und ich stelle mir die Menschen vor, die darin leben, wie sie zu Bett gehen, und an ihre vom Tag zusammengeschrumpften Gesichter, die sich auf ihren großen weißen Kissen auffalten wie die Blätter prähistorischer Blumen, und an ihre Träume, die langsam aufsteigen in den Zimmern, riesenhafte Ballons, die zerplatzen an den Ecken und Kanten der Möbel, die ihre Wohnungen beherrschen, und an den Straßenverkehr, der sie alle wieder hinaustreibt in die blaue Luft des frühen Morgens.

Das Klingeln der Hausglocke wirft mich aus einem traumlosen Schlaf. Taumelnd eile ich die Treppe hinunter und öffne die Tür. Der Postbote drückt mir eine Postkarte und ein Paket in die Hand. Die Karte ist von Lucy, die Luftaufnahme einer Insel im Indischen Ozean. Sie schreibt, Vito habe sie völlig überraschend zu dieser Reise eingeladen. Sie nütze die Gelegenheit, einmal *richtig* auszuspannen. Ich könne ins Haus einladen, wen ich wolle. Wann sie zurückkommt, das steht nirgends. Das Paket ist von Vater, er hat ein Buch geschickt. Ohne es anzuschauen, lege ich es beiseite. In dem dem Paket beiliegenden Brief steht, daß er jetzt zu Anna und Paulin aufs Land gezogen sei. Er teilt mir seine neue Adresse mit. Er hoffe, ich kehre bald zurück. Bis ich das Studium beginne und eine Wohnung habe, könne ich natürlich bei ihnen wohnen. Paulin würde sich auf einen Besuch von mir freuen. Ich verstehe nicht, wie er so etwas schreiben kann, wo er doch weiß, daß Paulin und ich uns nicht ausstehen können. Paulin ist Annas Tochter. Wir sahen uns zum ersten Mal bei einem Weihnachtsessen, zu dem Anna meinen Vater und mich eingeladen hatte. Paulin war damals dreizehn; wir saßen uns gegenüber und begutachteten uns während des Essens argwöhnisch, bevor wir miteinander sprachen. Schließlich fragte sie mich, ob ich die Haare an den Beinen rasieren würde. Ich verneinte. Sie meinte, sie würde eine kennen, die es gemacht hätte, mit diesen Wachsblättern, die man auf die Beine drücke und dann wegreiße, so daß die Haare an den Blättern klebenbleiben. Dabei wären aber Fetzen von Haut mit abgerissen, und sie mußte ins Krankenhaus gebracht werden. Ihre Beine seien jetzt völlig häßlich. Sie sagte das mit einem Vorwurf in der Stimme, als ob sie mich verdächtige, das gleiche erlebt zu haben, es aber aus Feigheit nicht zugeben wolle.

Nach dem Essen forderte jemand sie auf, etwas auf dem Klavier zu spielen. Sie sagte ein Nein, das sie launisch gedehnt aussprach und das eigentlich bedeutete *ja, wenn ihr mich alle darum bittet,* was auch augenblicklich geschah, und dann ging sie und holte die Noten. Seit diesem Abend bin ich nie mehr bei ihnen gewesen. Bei dem Gedanken, daß ich nach meiner Rückkehr bei ihnen wohnen soll, fühle ich mich, als steckte ich in einem Fell und atmete schwere ermüdende Luft.

Auf dem Tisch liegt die Fernbedienung, ich reiße das kleine schwarze Kästchen an mich und stelle den Fernseher an. Ein Bügeleisen wird gezeigt, das alles perfekt glattstreicht und dabei so klein ist, daß man es in eine Handtasche stecken kann. Dann wird eine Telefonnummer eingeblendet, unter der man das Bügeleisen bestellen kann. Massagegeräte gegen Cellulitis, rostfreie Pfannenkollektionen, Fitness-Geräte und Badezimmereinrichtungen werden vorgeführt. Während ich mir das anschaue, stelle ich mir die Leute vor, die zum Telefon springen, um die Nummer zu wählen. Ich wäre jetzt gern jemand, der etwas von diesen Dingen unbedingt braucht.

Draußen sind es dreiunddreißig Grad. Das haben sie in den Nachrichten gesagt. Ich wollte, ich könnte mich ins Bett legen und schlafen. Aber die Helligkeit des Tages, die durch die Fenster ins Haus dringt, zwingt mich, auf die Nacht zu warten. Am liebsten würde ich ins Coiffeurgeschäft gehen und mit einer Haube auf dem Kopf in der Wolke sitzen. Mario und die Frau würden denken, ich sei verrückt, mir zwei Tage später schon wieder die Haare schneiden zu lassen. Allerdings könnte ich hingehen und das Geld zurückverlangen, das sie mir für die Dauerwelle berechnet hatten, die ich gar nicht wollte. Das hätte ich aber auf der Stelle tun müssen. Solche Dinge kommen mir immer erst in den Sinn, wenn es zu spät ist. Im Bus sitzend, spiele ich alle Möglichkeiten durch, wie ich das Geld wiederbekommen könnte.

Unternehmen werde ich nichts; ich bin nur froh, etwas zu haben, woran ich denken kann, bis ich aus dem Bus steige und von der Stadt verschluckt werde, in der ich mich konzentrieren muß, eine Straße zu überqueren, ohne überfahren zu werden, und Leuten auszuweichen, die einem entgegenrennen, oder kleinen Kindern, die einem vor die Füße laufen, die sich unkontrolliert und ohne bestimmte Richtung fortbewegen, Blockaden und Staus im Gehfluß verursachen, genau wie die alten Menschen, die vor einem hertrippeln, einem mit ihren gebeugten Rücken den Weg versperren. Überall stehen die weiß-roten Absperrungen von Baustellen. Riesige Walzen rollen über den noch frischen, dampfenden Teer, gleichzeitig brechen eine Straße weiter die Reißzähne eines Baggerlöffels den Asphalt wieder auf. Der Baulärm schluckt das Hupen der Autos und die Rufe der Mütter, die mit ausgestreckten Armen, wie gerissene Leinen, hinter ihren Kindern herrennen. Menschentrauben quellen aus den Geschäften auf die Straße, schlagen einem mit sperrigen harten Gegenständen vollgestopfte Taschen gegen die Beine. Im Tageslicht sind die Straßen der Stadt Adern, die zu zerbersten drohen, und die Menschen und Autos strömen einer Überschwemmung gleich darüber hinweg. Es ist ein heißer Tag, die Sonne liegt hinter einem dicken grauen Himmel verborgen. Darunter stößt die

Stadt wie ein sterbendes Tier ihren nach Verwesung riechenden Atem aus. Die Schweißtropfen, die mir aus den Achselhöhlen über die Haut rollen, kitzeln lästig, und ich schwöre mir, dem nächsten Menschen, der zu nahe neben mir geht, aus Wut den Ellbogen in die Seite zu stoßen, ganz zufällig. Von Schwindel erfaßt, lehne ich mich an das Schaufenster einer Metzgerei. In grünen Schalen liegen gehäutete Kaninchen, die Pfoten neben dem Kopf, als würden sie schlafen. Die durchsichtige, zum Platzen gespannte Haut ist von feinen Adern durchzogen, violette Verästelungen, Gabelungen, Knotenpunkte. Ich sehe ein Chaos von Straßen auf dieser gestorbenen Haut, lächle vor mich hin und komme mir gemein und böse vor, weil ich denke, daß die Stadt genau wie dieses tote Kaninchen ist.

»Gehen Sie vom Fenster weg«, schreit eine Frau, die ihren Kopf aus der Ladentür streckt. »Sie dürfen sich nicht an das Schaufenster *anlehnen*!« Die Straße führt vorbei an billigen Schmuckgeschäften und Häusern im Rohbau. Kinder haben sich vor einer Baugrube zusammengerottet und fauchen einander wütend an. Die Straße mündet in den Platz mit dem Reiterdenkmal. Ein paar Leute haben sich in einem Halbkreis um Rea versammelt, die Köpfe vorgestreckt, denn sie spielt so leise auf ihrem Cello, daß man kaum etwas hören kann. Sie hat die gebleichten Haare hochgesteckt, Strähnen davon fallen ihr über die Gläser der Sonnenbrille, und ich frage mich, aus welchem gottverdammten Grund man dauernd eine Sonnenbrille trägt, obwohl die Sonne gar nicht scheint. Ich warte, bis die Leute weggehen und ich alleine vor ihr stehe. Rea springt von ihrem Klappstuhl hoch, nimmt das Geld aus dem Cellokasten, und ich mache einen Schritt auf sie zu und versuche freundlich zu klingen, ohne jedoch meine Gereiztheit verbergen zu können: »Wenn die Sonne nicht scheint, müßtest du doch eigentlich eine blaue Brille tragen, nicht?«

»Nein, orange hält länger«, sagt sie, über den Cellokasten gebeugt, ohne in meine Richtung zu sehen. Sie läßt die Klappverschlüsse zuschnappen und nimmt die Brille ab.

»Man gewöhnt sich nicht so schnell daran, alles in Orange zu sehen. Diese da habe ich jetzt zwei Wochen.«

Sie blickt auf die Brille in ihren Händen wie auf einen sehr kostbaren Gegenstand.

»Wir haben uns schon mal gesehen. Beim Friseur. Wir saßen nebeneinander«, sagt sie und blickt mich scheel an. Es ist mir unangenehm, weil ich sie die ganze Zeit über beobachtet habe, überzeugt, daß sie mich unter der Haube gar nicht gesehen hat. Sie setzt die Brille wieder auf und packt ihren Kasten. Sie schaut mich prüfend an: »Gehe jetzt etwas essen. Kannst mitkommen. Siehst aus, als würdest du gleich umkippen.«

Wir gehen nebeneinander, ohne zu sprechen; es ist seltsam, wie wir, zwei völlig Fremde, so selbstverständlich nebeneinander die Straße entlanggehen. Reas Haar bewegt sich beim Gehen nicht, und ich würde gerne meine Hand auf ihren Kopf legen, um festzustellen, ob ihr Haar wirklich so steif ist. Sie steuert ein Restaurant in der Nähe des Bahnhofs an. Wir treten in eine menschenleere Halle mit weiß gedeckten Tischen. Vor uns auf dem Tisch stehen gefaltete Servietten wie zum Abflug bereite Vogelflügel. Wir sind die einzigen Gäste. Hinter einer blitzenden Theke aus Chromstahl stehen drei Kellner, die erwartungsvoll zu uns herüberblicken, aber es dauert einige Minuten, bis einer von ihnen hinter der Theke hervorkommt, um unsere Bestellung aufzunehmen.

»Du bist nicht von hier?« fragt mich Rea mit spöttisch gespitzten Lippen. Ich habe den Eindruck, sie von irgendwoher zu kennen. Ich erzähle ihr, daß ich im Sommer vor einem Jahr, nachdem ich die Schule abgeschlossen hatte, hierhergekommen bin, um meine Mutter zu besuchen, die hier wieder geheiratet hatte. Und daß sich in dieser Zeit ein Unfall ereignete, bei dem ihr Mann ums Leben gekommen ist, und daß danach meine Mutter krank wurde und ich mich deshalb gezwungen sehe, hierzubleiben, bis es ihr wieder bessergeht.

»Was macht sie jetzt?«

»Sie ist zu Hause«, lüge ich. »Sie ist immer zu Hause. Seit dem Unfall hat sie eine unüberwindbare Angst vor Straßen, Autos und Menschenansammlungen. Sie sitzt den ganzen Tag im Garten und spricht mit ihren Zuchtlilien.« Ich erzähle auch, daß sich Lucy nach dem Unfall in Alois' Atelier das Blütenstaubzimmer einrichtete; wie sie sich dort eingesperrt und ich sie wieder herausgeholt habe.

»Geht es ihr besser?«

»Ja, ja, viel besser. Bin froh, wenn ich bald wieder von hier fort kann. Ist eine häßliche Stadt hier«, sage ich, obwohl ich außerhalb, im Dorf auf einem Hügel wohne.

»Überall«, erwidert sie und macht eine vernichtende Armbewegung.

»Wie bitte?«

»Überall, es ist überall häßlich.«

Rea spricht schnell, zischend, und vorwiegend in Stichworten.

»Du bist am Konservatorium?« frage ich mit einem Blick auf den Cellokasten. Der Kellner bringt die Fischsuppen, Rea faltet die Serviette auf, stopft sie oben in den Kragen, beugt sich über die Suppe, daß die Spitze des stoffigen Vogelflügels in die Suppe baumelt, und sagt ganz leise, als ob sie ein Geheimnis offenbare: »Nein. Das mache ich meinen Eltern zuliebe. Ich mache nämlich gar nichts. Sie haben gesagt, daß ich, wenn ich nicht studiere und auch nicht arbeiten gehen will, wenigstens Cello spielen soll. Natürlich nicht als Straßenmusikantin – kannst dir ja gar nicht vorstellen, wie die sich deshalb geärgert haben.« Sie atmet ein, als führe sie sich dadurch die zum Weitersprechen notwendige Energie zu.

»Aber jetzt haben die andere Sorgen. Ist doch sowieso alles ein Witz, wenn man bedenkt, daß ich einmal Millionen erben werde. Ländereien, Aktien, Häuser, alles eben.«

Die mit der rosa Flüssigkeit vollgesogene Stoffspitze rutscht aus der Suppe heraus, als sich Rea wieder im Stuhl zurücklehnt. Sie grinst mit schiefem Mund, und ich weiß jetzt, daß sie mich an irgendeine gemeine Figur aus einem Zeichentrickfilm erinnert.

Lange Zeit war die Nacht ohne Ende gewesen. In den unzähligen Stunden, in denen ich wach gelegen hatte, war der Tag nicht einmal als Erinnerung vorhanden. Die Dunkelheit war immer. Heute kann ich einschlafen, weil ich weiß, daß der Morgen schon da ist, wenn ich die Augen wieder öffne. Aber jetzt bewirkt die Helligkeit des Tages nicht mehr das Gefühl, ich sei gerettet. Im Gegenteil, es ist das Licht, das mich quält. Als ich im Bus von der Stadt nach Hause fuhr, habe ich mich dabei ertappt, wie ich die ganze Zeit mit zusammengekniffenen Augen da saß. Die Sonne war nirgends zu sehen; aber das Licht lag wie aus

Scheinwerfern auf den Dingen. Auch die Luft hatte sich verändert. Sie lag wie eine Last über der Stadt; ich atmete durch den Mund, weil meine Nase verstopft war, im Bus schneuzte ich den schwarzen Ruß ins Taschentuch. Durch das immer greller werdende Licht sammelt sich Feuchtigkeit in meinen Augenwinkeln an. Dauernd reibe ich mir deshalb die Augen. Auch die anderen Leute reiben sich die Augen, nebenbei, und natürlich, wie man eine Fliege verscheucht oder sich am Kopf kratzt. Aber alle Leute sehen übermüdet, erschlagen aus und laufen herum mit rot geschwollenen Augen.

Reas Vater, ein erfolgreicher Genforscher, besitzt ein Anwesen etwas außerhalb der Stadt. Zwischen den Pappeln, die wie Wächter links und rechts den Kiesweg säumen, gelangt man zum Haus. Es hat vier Stockwerke, und auf jeder Etage stehen großbauchige Porzellanvasen mit Papierblumen drin. Vor Reas Zimmer im obersten Stock liegt eine Bibliothek. Der Raum hat keine Fenster, aber in der Mitte der Kassettendecke aus dunklem Holz ein rechteckiges Oberlicht aus Milchglas, durch welches das gedämpfte Tageslicht auf einen runden Tisch fällt.

»Sitzt ihr manchmal da und lest, die ganze Familie?« frage ich und bleibe vor den Regalen stehen.

»Ach was, kein Mensch sitzt da!« ruft Rea ungeduldig, die Hand auf der Türklinke. Ich blicke zu den obersten Regalen hoch, die bis knapp unter die Decke reichen; dort stehen in einer Reihe in Leder gebundene Bücher. Ich erinnere mich an den Geruch frisch bedruckten Papiers, das noch warm war, wenn es aus der rumorenden alten Druckmaschine in den Stapelausleger fiel.

»Wir leben von Büchern«, hatte Vater einmal zu mir gesagt, als wir im Winter gemeinsam zur Post rannten, um eine wichtige Büchersendung noch kurz vor Schalterschluß aufzugeben. Die Schneeflocken stürzten wie kleine Pfeile auf unsere Gesichter, die Pakete klopften beim Laufen an unsere Beine. In der kalten Luft bildete unser Atem kleine weiße Wolken. Ich konzentrierte mich auf meine Füße, die zu stolpern drohten.

»Nur nicht hinfallen und die Pakete, von denen wir leben, über die Straße schlittern lassen«, dachte ich bei mir. »Nur nicht auf den eisigen Boden klatschen und alles kaputt machen, nein, nein, neben seinen Füßen herlaufen, immer gleich schnell und nicht zurückbleiben und nicht hinfallen!«

»Sind alles Erbstücke. Ziemlich wertvolle darunter. Hat noch keiner eines heruntergenommen. Gelesen schon gar nicht«, sagt Rea, plötzlich hinter mir stehend, und schiebt mich aus dem Raum hinaus in ihr Zimmer. Das Zimmer ist mit einer hellblauen Tapete ausgestattet, einem hohen Bett mit abgerundeten Kanten und einem Fernsehgerät vom Format eines Sarges.

»Damit du's weißt«, sagt Rea und stellt sich vors Fenster hin, »das ist das Zimmer meiner Eltern, nicht meines. Meine Mutter ist für die Einrichtung verantwortlich. In meinem Zimmer«, sagt sie, »würde ich so eine Tapete nicht dulden.« Dann zeigt sie mir die Videosammlung, die sich in einer Truhe neben dem Bett befindet. Unzählige Videos sind darin aufeinandergestapelt. Auf jedem steht eine Nummer, die in einem Ordner registriert ist.

»Eine Idee meiner Mutter«, sagt sie, »krankhaft ordentlich.«

Auf dem Bett sitzend, die Kissen im Rücken, führt sie mir ihre Lieblingsfilme vor. Die Psycho-Thriller machen

Rea so nervös, daß sie dauernd die Vorlauftaste drückt, die Szenen rasen über den Bildschirm. Fingernägel kauend, rücken wir immer näher zusammen und halten unsere vor Angst schweißnassen Hände.

»Willst du mal etwas wirklich Geiles sehen?« fragt sie, geht zur Truhe und sucht eine andere Videokassette. Sie zeigt mir den Schluß aus dem Film »Apocalypse Now«. Wie farbige Kometen fallen die Napalmbomben vom Nachthimmel in den Dschungel. Auf einen Schlag explodiert die Erde, und die Palmen fliegen wie Federn durch die Luft und stürzen in den Fluß. Im schwarzen Wasser spiegelt sich das brennende Ufer, ein wilder Tanz glitzernder Tropfen. »Ein perfektes Feuerwerk« sagt Rea und drückt immer wieder auf Rücklauf.

Wenige Zentimeter neben meinem Kopf erhebt sich eine rosa Kuppe. Reas Ferse im Blick, wache ich auf. Plötzlich zuckt ihr Bein im Schlaf, der Fuß droht auf meinem Gesicht zu landen, und ich rolle vom Bett auf den Boden. Wir sind in den Kleidern eingeschlafen. Auf dem Bildschirm tobt ein schwarzweißer Schneesturm. Rea röchelt leise, ihr Kopf ist in einem Kissen versunken. Sie träumt. Ich schalte das Fernsehgerät aus und öffne das Fenster. Ein warmer Wind weht in mein Gesicht. Direkt unter mir liegt ein Swimmingpool in Form eines Fisches. Der Boden des Pools ist mit Mosaiksteinen ausgekleidet, in der Mitte ein Neptun mit Dreizack. Ich blicke zu den gelbgrünen Hügeln, die hinter den Bäumen der Parkanlage bis an den Horizont reichen. Rea hat mir erzählt, daß außer ihren Eltern ein Gärtner, eine Haushälterin und eine Köchin im Haus wohnen. An diesem Morgen ist alles still. Es ist möglich, überlege ich, ein ganzes Leben in diesem Haus zu verbringen, ohne je einem anderen Menschen zu begegnen. Nur Neptun ist immer da. Auf einmal erscheint es mir unheimlich, wie er reglos da unten im Wasser liegt, und ich stelle mir vor, wie er sich in Reas Kinderträumen aus dem Pool erhob, durchs Fenster in ihr Zimmer stieg und den Dreizack auf ihr Bett richtete. Und falls sie dann geschrien hätte, hätte es niemand gehört.

»Haben wir immer noch Sommer?« Rea hat sich aufgerichtet und blickt mich aus entzündeten Augen an.

»Dann sollten wir baden gehen. Meine Eltern haben den Pool für mich bauen lassen, aber meistens bin ich allein, und dann bleibe ich lieber im Zimmer.«

Sie kriecht auf dem Bett herum und sucht in den zerwühlten Laken nach ihrer Sonnenbrille.

»Wähl dir einen aus!« Rea wirft ein Dutzend Badeanzüge aus dem Schrank auf den Boden. Ich wühle immer noch unschlüssig in dem Haufen Badeanzüge, als sie hinter der Schranktür hervorkommt, in einem Bikini mit gelben und roten Blumen. Reas Brustwarzen sind hoch und geradeaus gerichtet. Unsere nackten Füße versinken trostlos in dem flauschigen Teppich, der dieselbe hellblaue Farbe hat wie die Tapete.

Barfuß gehen wir die vier Stockwerke hinunter, laufen durch einen langen Korridor, der in einen Raum mit Seerosenbildern und beigen Polstersitzen führt. Auf einem Tischchen mit kleinen Vasen aus Murano-Glas ist eine Fotografie aufgestellt. Rea, etwa sechsjährig, mit Zöpfen, sitzt an einem Cello, den Blick konzentriert auf den Boden gerichtet.

»Grauenvoll!« Rea nimmt mir die Fotografie aus der Hand und legt sie mit dem Bild nach unten wieder hin.

»Die hatten etwas anderes mit mir vor. Kannst du dir vorstellen, wie die sich ärgern, wenn sie erfahren, daß ich immer noch als Straßenmusikantin durch die Stadt ziehe?«

»Rache«, sagt sie und verschiebt ein Fenster der Glasfront.

Aus einem Geräteschuppen tragen wir Sonnenschirme und Liegestühle ans Bassin. Die Beine von uns streckend, setzen wir uns in die blauweiß gestreiften Liegestühle.

»Wenn meine Eltern weg sind, gehört das alles mir.«

»Wenn sie wo sind?«

»Wenn sie tot sind.«

Der Schatten des Sonnenschirms wirft dunkle Zacken auf unsere Bäuche. Die Blumen auf Reas Bikinihöschen leuchten wie Signale in der Sonne auf. Mit langsamen Bewegungen beginnt sie, ihre Beine mit einem Öl einzumassieren, das nach Kokosnuß riecht.

»Hast du einen Freund?« fragt sie, die Gläser der Sonnenbrille wie die Augen eines gefährlichen tropischen Reptils auf mich gerichtet.

»Nein.«

»Nie gehabt?«

»Doch. Schon lange her.«

Ich beschließe zu schweigen, aber Reas Lippen haben die nächste Frage schon geformt, und ich sage schnell:

»Er ist gestorben. Ertrunken. Von der Flut des Indischen Ozeans hinausgetrieben und nie mehr zurückgekehrt.«

»Extrem.« Rea dehnt das zweite »e« qualvoll in die Länge und klopft sich mit der Hand auf die Schenkel.

Ich muß fast loslachen, weil mir etwas so Absurdes eingefallen ist. Ich sehe ihn in das Meer hinaustreiben, seinen Kopf und die Arme, die ein kleines weißes Dreieck bilden,

immer kleiner werden, bis er, nur noch ein winziges Haar-
büschel am Horizont, vollständig im Meer versinkt.

Das Fest, das die damalige, zehn Jahre jüngere Freundin meines Vaters veranstaltete, fand im Hinterhof eines
Mietshauses statt. Ich hatte meinem Vater versprochen,
hinzugehen und mir den Bauch vollzuschlagen, weil er
wußte, daß ich imstande war, tagelang nichts zu essen. Er
dachte, es würde mir Spaß machen, unter anderen jungen
Leuten zu sein.
Der mit Fahrrädern zugestellte Hauseingang führte in
einen schattigen, von hohen Mauern umgebenen Hinterhof. Auf dem Kiesplatz standen junge Leute um einen
länglichen, mit Essen beladenen Tisch und tranken Wein
aus Plastikbechern. Die Stimme von Laurie Anderson
drang aus einem geöffneten Fenster. Ich bahnte mir einen
Weg durch die Leute zum Tisch, nahm einen Teller vom
Stapel und versuchte, möglichst viel aufzuladen. Leider
entdeckte mich Vaters Freundin, als ich ungeschickt an
einer Pastete herummachte. Die Scheibe, die ich abgeschnitten hatte, klebte am Messer und ließ sich nur mit
größter Mühe entfernen. Mit langen Schritten kam sie
auf mich zu und stellte mich überall laut als die Tochter ihres Freundes vor. Natürlich nur deshalb, weil ich der
lebendige Beweis war, daß sie einen viel älteren Freund
hatte; was sie wohl für etwas Außergewöhnliches und Be-
neidenswertes hielt. Er kam nie zu ihren Parties, und
die Leute zweifelten wahrscheinlich schon an der Geschichte. Sie trug vor den anwesenden Frauen einen Sieg
davon.
Es war ein milder Frühlingsabend, in irgendeinem be-
nachbarten Hinterhof blühte ein Lindenbaum; die Luft

war voll von Lindenblüten, die der Wind über die Mauer trug.

Schon seit einiger Zeit hatte ich eine Vorstellung davon, wie ein Mann, in den ich mich verlieben könnte, sein müßte. Er mußte sein wie D. B., die Hauptfigur aus einem Roman, den ich zu diesem Zeitpunkt etwa zwanzigmal gelesen hatte. In meiner Vorstellung wußte ich genau, wie er aussah, wie er roch, sich bewegte. Ich verglich alle Männer mit dieser Romanfigur und begriff bald, daß es in der Stadt, in der ich lebte, niemanden gab, der war wie D. B.

Er lehnte an der Mauer, nicht ungezwungen locker, sondern als wäre er daran angenagelt. Neben ihm stand jemand, der auf ihn einredete, er blickte diese Person nicht an. Unter den schwarzen Augenbrauen, die über der Nasenwurzel beinahe zusammenwuchsen, irrte sein Blick einmal hierhin, einmal dorthin, bis seine Augen in den meinen hängenblieben wie Haken, es war klar, daß er nicht zu dieser Person gehörte; er war nicht schön anzuschauen, er sah aus wie einer, der auf der Flucht ist. Zum ersten Mal fühlte ich gegenüber einer wirklichen lebenden Person einen tiefen Ruck, als ob sich etwas durch meinen Körper wühlte, und ich blickte immer noch an die Stelle an der Mauer, während er schon neben mir stand und mich ansprach. Er erzählte, daß er mit den neuesten Möglichkeiten der Computermusik experimentiere, er sei gerade dabei, etwas völlig Neues zu entwickeln. Es war mir egal, was er redete, ich sah auf seine weißen Arme und die Adern, die unter der durchscheinenden Haut hervortraten, blaue Stränge, in denen man das Pochen des Pulses sehen konnte.

84

Vaters Freundin hockte in einer Blumenrabatte, von einem betrunkenen Mann umschlungen, der versuchte, ihren Hals zu küssen. Als sie mich sah, winkte sie und kniff den Mund zusammen und rollte mit den Augen, als wolle sie sagen, daß es nur ein blödes besoffenes Spiel sei und es sich keinesfalls lohne, davon meinem Vater zu erzählen. Der Plastikbecher mit dem Rotwein wurde warm in meiner Hand. Eine Lindenblüte segelte aus der Luft geradewegs in den Becher und kreiste wie ein Propeller darin. Ich mußte lachen, aber er nahm den Becher aus meiner Hand und sagte, es sei das Letzte, auf einer Party herumzustehen, in der man den Wein aus Plastikbechern trinken muß. Ich pflichtete ihm bei, und ehe ich mich versah, hatten wir den Hinterhof verlassen und gingen nebeneinander die Straße entlang. So neben ihm zu gehen, als gehörten wir zusammen, verursachte mir eine angenehme Übelkeit. In meinem Kopf war es völlig hell, und ich hatte keinen einzigen Gedanken. Das alte Parkett in seiner Wohnung knarrte bei jedem Schritt. Hunderte von CDs reihten sich an der Wand entlang, ein Hi-Fi-Turm stand in der Ecke, Kabel und Mikrofone lagen auf dem Boden. Es war mir plötzlich nicht klar, wozu ich eigentlich in diesem Zimmer stand. Ich wollte ihn fragen, ob wir uns ein andermal wieder treffen könnten, aber seine Arme hatten sich schon um mich gelegt und hoben mich wie etwas Federleichtes vom Boden weg. Er trug mich auf die Matratze in ein anderes Zimmer und zog mich aus. Ich erschrak, weil ich sein Gesicht nicht mehr erkennen konnte, das jetzt ganz nah über dem meinen lag, in Bruchstücke auseinanderfiel, Nase und Kinn, wie durch eine Lupe vergrößert, pflanzten sich fremd vor mir auf, und ich hätte es am liebsten mit der Hand von mir gestoßen, aber ich starrte daran vorbei an die Decke und hielt den Atem an. An der Decke war ein Wasserschaden, ein amöbenhafter rostigbrauner Fleck, der sich bis in die Mitte der Decke ausdehnte. Gleich darauf vernahm ich über der Decke ein Rollen wie von einer Kugel. Mit den Augen folgte ich dem Geräusch, die Kugel rollte quer über den Plafond, über den Wasserschaden und stieß mit einem Poltern an die Wand. Er flüsterte etwas in mein Ohr, was ich nicht verstand, weil ich mich auf die seltsamen Geräusche in der oberen Wohnung konzentrierte. Mein Arm war unbequem gekrümmt und schmerzte, er lag wie etwas Abgetrenntes auf der Matratze.

Als er sich dann neben mich legte, schlief er sofort ein. Ich merkte es an seinem Atem und an seinem Körper, der bewegungslos und schwer neben mir lag. Ich zog mein Bein unter seinem weg und rutschte zur Seite, so daß wir uns nicht mehr berührten. Plötzlich hatte ich das Gefühl, etwas Wichtiges vergessen zu haben. Ich erinnerte mich an den Film über Aidskranke, den man uns in der Schule gezeigt hatte. Im Nachspann hatte man bei denen, die bis zum Abschluß der Dreharbeiten bereits gestorben waren, neben den Namen ein Kreuz hinzugefügt. Einer davon war ein neunzehnjähriger Junge gewesen. Wenige Minuten zuvor hatten wir ihn auf dem Bildschirm noch reden gehört, darüber, daß er Tänzer werden wolle, überzeugt, mit seiner Energie, seinem Willen die Krankheit zu überstehen. Dann bäumte er sich plötzlich auf, vollführte Kapriolen, Pirouetten, derwischte wie ein aufgezogener Kreisel durch das Zimmer, das er für wenige Minuten in eine Bühne verwandelte. Stolz zeigte er die Angebote, die er von internationalen Tanzkompanien erhalten hatte. Die Briefe zitterten in seinen Händen, er blickte in die Kamera mit einem ungläubigen energischen Lächeln auf den

Lippen, das uns zu sagen schien, wie ihr seht, stehe ich am Beginn – und ich soll todkrank sein? Das glaubt ihr ja selber nicht!

Der Lehrer drehte das Licht an und machte eine Bewegung mit den Händen, die uns aufforderte, aufzustehen und in die Pause zu gehen, unwirsch und wütend darauf, daß er uns diesen Film hatte zeigen müssen und damit gerade in unser Leben gepfuscht hatte. Wir gingen mit kleinen Schritten hinaus, und er blieb im Zimmer zurück, ein Zerstörer.

Ich blickte an meinem Körper herunter, der vielleicht schon bald tot sein würde. Ich dachte an den jungen Tänzer und hatte Angst, die überall weh tat, bis in das Laken hinein, auf dem ich lag.

Ich setzte mich auf und schüttelte ihn, ich mußte ihn fragen, aber er wachte nicht auf. Ich rannte in die Dusche, stellte das Wasser so heiß, daß es auf der Haut brannte. Ich bildete mir ein, das Virus auf diese Weise vielleicht abtöten zu können. Ich hielt die Ohren zu und hörte das Blut rauschen, ich sah den Blutstrom vor mir und die Viren, kleine gezackte Kugeln, die aufbrachen, sich vermehrten und trügerisch mitrauschten, nur, um dieses Rauschen eines Tages zu stoppen. Ich beschloß, daß er nichts mit D. B. zu tun hatte, und nie mehr wollte ich mich von irgendwelchen Armen wegtragen lassen. Ich würde mich doch immer zu spät an die wichtigen Dinge erinnern. Aus der Dusche kommend, mit rotglühender Haut, die kribbelte, als spazierten Tausende von Ameisen auf mir herum, zog ich die Bettdecke von ihm weg, ging ins andere Zimmer und legte mich neben den Hi-Fi-Turm auf den Boden.

Ein Blitzlicht holte mich jäh aus der Tiefe des Schlafs ins Zimmer zurück.

»Mein schlafender Engel«, sagte er und schwenkte grinsend eine Polaroidkamera in der Hand,

Voller Zorn blickte ich in das fremde Gesicht.

»Du mußt einen Aidstest machen«, sagte ich und riß ihm das Foto verärgert aus der Hand.

»Mein Gott, werden wir jetzt plötzlich vernünftig?« Beleidigt warf er mir ein Papier hin. Oben las ich die Adresse des Spitals und weiter unten ein Kreuzchen, dort, wo negativ stand.

In der Küche hörte ich ihn pfeifen; es roch nach Kaffee, und ich schlich mich aus der Tür.

Zwei Monate später lag ich auf dem Operationstisch, die Beine auf zwei metallenen Schienen auseinandergespreizt. Ich hörte das Wort Rhohypnol, das in meinem Kopf aufging und immer größer wurde. Immerzu dachte ich Rhohypnol, schlüpfte in das Wort hinein, bis ich schwer wurde und wegsank.

Als ich nach der Abtreibung aufwachte, lag ich unter einer weißen Bettdecke, meine Augen blickten in den Lichtstrahl, der durch die zugezogenen Vorhänge gedrungen war und auf den grünen Kunststoffboden schien. Staubpartikel wirbelten wie kleine Blitze darin herum. Jemand kam herein, ein großes helles Etwas, das einen Stuhl neben mein Bett rückte und dann meine Hand nahm, die naß und kalt war vom Schweiß. Er sagte etwas, aber ich schaute meinem Vater nicht in die Augen, ich untersuchte vom Bett aus den Staub im Lichtstrahl, und ich fühlte, wie ich davonrollte. Eine glatte bleierne Kugel.

Drinnen im Haus klingelt das Telefon, aber Rea rührt sich nicht.

»Gehst du nicht ran?«

Sie schüttelt den Kopf. »Nur die Alte.«

»Warum gehst du dann nicht ran?«

»Warum sollte ich? Die will nur, daß ich sie besuchen komme.«

»Ist sie weg?«

Rea dreht sich nach mir um. Eine ärgerliche Stirnfalte über der Brille.

»Ja, verdammt. Sie ist weg. Im Krankenhaus, verstehst du? Sie hat Krebs und liegt im Sterben.«

Das Telefon hört nicht auf zu klingeln.

»Und sie will, daß ich ihr dabei zusehe. Die kann mich mal!«

Sie hebt ihre Stimme an: »Soll Vater sie doch besuchen, aber der ist ja dauernd auf irgendwelchen Kongressen. Hat wahrscheinlich noch gar nicht gemerkt, daß seine Frau im Sterben liegt.«

»Ja, das ist wirklich ... also, das tut mir leid wegen deiner Mutter«, sage ich schnell, aber Rea ruft »Ach was!« und fährt mit der Hand durch die Luft, als ob sie einen ganzen Schwarm Fliegen in die Flucht schlagen will.

Nachdem das Klingeln aufhört, geht sie hinein und kommt mit einem durchsichtigen Telefon zurück. Man kann die bunten Drähte unter dem Gehäuse aus Plastik sehen. Sie ruft ihren Freund an. Sie meint, Nicola sei ein irrer Typ. Eine halbe Stunde später steht er da, umarmt Rea und küßt auch mich, mit harten kleinen Lippen. Rea springt ins Wasser; Nicola geht zu dem Kasten, der am Pool montiert ist, und drückt auf einen Knopf, worauf im Wasser Wellen entstehen. Nicola setzt sich auf den Bassinrand und läßt die Füße ins Wasser hängen.

»Ich hol dich ins Wasser, ich hol dich ins Wasser!« ruft Rea, aber die Strömung ist so stark, daß sie nicht vorwärts kommt und immer an der gleichen Stelle schwimmt. Wenn sie seinem Fuß ein wenig näher kommt und den Arm ausstreckt, um ihn ins Wasser zu ziehen, schießt sie einen Meter zurück, wild mit den Armen rudernd. Der Neptun biegt sich unter ihr wie eine Schlange, fährt auseinander und zuckt zusammen. Nicola grinst schadenfroh und läßt den Fuß im Pool kreisen. Er trägt weite, bis über die Knie fallende Shorts und ein T-Shirt mit der Aufschrift *Steig ins Flugzeug, solange du noch kannst.* Nach einer Weile schwimmt Rea mit rotem Kopf an den Rand des Pools. Der Stoff des Bikinis ist vom Wasser dunkel geworden, die Blumen hängen triefend von ihren Brüsten herunter. Reas Haar hat die Konsistenz von Stroh. Dicke Tropfen fallen daraus auf den Boden. Ich frage mich, ob die Frau beim Friseur ihr Haar absichtlich ruiniert hat. Nicola ist vom Poolrand aufgesprungen und hat sich auf den Boden zwischen unsere Liegestühle gesetzt.

»Heute abend geh ich auf eine Technoparty, wenn ihr wollt, könnt ihr mitkommen. Hab auch Ecstasy für euch.«

Rea trocknet die Brille am Badetuch ab. Ihre kleinen blauen Augen zwinkern zu mir herüber. »Schau an, er will Drogensüchtige aus uns machen, der böse Nicola!« Sie stößt ihm scherzhaft die Faust in den Nacken.

»Nein, nein, lieber kein Ecstasy diesmal«, sagt sie schließlich, »weil ich dann tagelang wieder so tot bin.«

Nicola bittet uns, im Auto zu warten, bis er sich für die Party umgezogen hat. Er geht an dem Spielplatz vorbei zu einem der Betongebäude, die dahinter, eng nebeneinanderstehend, eine große geschlossene Mauer bilden. Der Spielplatz besteht aus einer Mulde mit schwarzem Sand und rostigen Kletterstangen. Zwei kleine Jungen hängen daran, ihre Körper baumeln träge in der Luft und wippen von Zeit zu Zeit leicht hin und her. Obwohl sie noch klein sind, sind ihre Stirnen mit Pickeln übersät. Nachdem sie uns bemerkt haben, lassen sie sich wie schwere Bündel in den Sand fallen und blicken feindselig zu uns herüber. Bald darauf zeigen sie mit den Fingern auf uns. »Mein Gott, siehst du, wie süß Kinder sind«, sagt Rea in übertriebenem Tonfall, »ich will unbedingt einen ganzen Haufen davon haben.« Sie schüttelt sich angewidert, während die Jungen beginnen, schwarze Sandkugeln mit ihren Händen zu formen und in unsere Richtung zu werfen. Plötzlich öffnet Rea die Wagentür und schreit, die Faust in der Luft, höllisch laut, so daß ich zusammenzucke und die beiden Jungen gleichzeitig in die Höhe springen: »Verpißt euch, ihr kleinen Scheißer!« Zuerst rennen sie verängstigt ein paar Meter über den Rasen, dann blicken sie zurück, mit geweiteten Augen, als hätte man sie gerade aus dem Tiefschlaf gerissen, aber ihr Blick ist trotzig und voller Abscheu. Dann trotten sie, ohne sich nochmals nach uns umzublicken, dicht aneinandergedrängt zum Gebäude, wie Tiere in ihren Bau. Als Nicola zurückkommt, ist es schon Abend. Er trägt einen weißen Overall und eine Gletscherbrille, die sein halbes Gesicht bedeckt. Die Dunkelheit ist rasch hereingebrochen, scheinbar ohne Übergang. Wir rasen über die Autobahn, vorbei an gespenstisch leerstehenden Fabrikgebäuden. Es ist eine sternenklare Nacht. Rea streckt den Kopf aus dem Fenster. Sie sagt:

»Habe noch nie einen Kometen gesehen. Möchte einmal einen Kometen sehen.« Sie hat jetzt die Stimme eines launischen Mädchens, und die Blumenohrringe aus PVC baumeln wie Weihnachtskugeln an ihren Ohrläppchen.

»Wenn du deine Brille mal herunternehmen würdest, könntest du vielleicht was sehen«, sagt Nicola belustigt und grinst mich durch den Innenrückspiegel an. In dem Overall sieht er wie ein Astronaut aus. »Du verstehst einfach überhaupt nichts.« Beleidigt kurbelt Rea das Fenster zu. Ich rutsche auf dem Sitz herum und kratze mich mit beiden Händen, weil das Kunstfaserkleid, das Rea mir für die Party geliehen hat, auf der nackten Haut schlimmer juckt als Wolle.

»Ich schmeiß jetzt einen Herzöffner, wer will, kann nehmen.« Nicola hält die geöffnete Hand hin, darauf liegen drei kleine Pillen. Ich stecke automatisch eine davon in den Mund und lasse sie auf der Zunge zergehen. Ich habe etwas Süßes erwartet, aber was ich im Mund habe, ist bitter und zugleich sauer, und ich spucke den Rest der Pille in ein Taschentuch, das ich zwischen den Autositzen verschwinden lasse. Dummerweise nicht ohne von Nicola im Spiegel beobachtet worden zu sein. Ich werde rot im Gesicht und erwarte, daß er etwas sagt, er sagt aber nichts, sieht mich nur im Spiegel an. Ich drücke mich in den Sitz hinein und rutsche ganz an den äußeren Rand, aber das Augenpaar verfolgt jede meiner Bewegungen. Ich drehe mein Gesicht zum Fenster und spüre seinen Blick an meinem Hinterkopf kleben, bis wir endlich auf einem Kiesplatz vor einem großen Backsteingebäude anhalten.

Aus dem Innern des Gebäudes dröhnen schnelle dumpfe Schläge. Rea trägt einen grünen Mini und ein gelbes T-Shirt, das in der Dunkelheit fluoresziert; ich folge ihren hochgeschnürten Lederstiefeln, die über den Platz zum Eingang stapfen. Über dem Eingang hängt ein Transparent mit der Aufschrift *Tarne dich.*

Drinnen herrscht eine tropische Hitze, und in der Halle, in der die Leute tanzen, ist ein Nebel, daß ich sofort die Orientierung verliere. »Schlachthof!« schreit mir Rea ins Ohr und zeigt mit dem Finger an die Decke, wo noch die Haken zu sehen sind, an denen einst Tierleiber hingen. »You are the greatest ravers of this planet!« ruft der DJ durchs Mikrofon, der gehetzt hinter einer erhöhten Anlage mit farbig blinkenden Lämpchen hin und her rennt. Auf jede Seite seines Gesichtes ist ein Schmetterlingsflügel gemalt. Die Tonströme, die der Schmetterlingsmensch auf uns herunterjagt, hüpfen wie tausend kleine Gummibällchen in meinem Bauch. Im Licht des Stroboskops sehe ich nur noch einzelne Körperteile. Auch die von Rea müssen darunter sein, aber ich kann sie nicht mehr erkennen. Ich selbst bin Teil einer großen Körpermaschine, die zittert und die sich aufbäumt und einen hysterischen Lärm veranstaltet, gegen die schreckliche Stille im Kopf. Hinter meinem Rücken bläst jemand in eine Trillerpfeife. Als ich mich umdrehen will, umklammern mich zwei Hände, verschränken sich über meinem Bauch. Ich blicke auf sie hinunter; es sind Männerhände. Ein Körper in einem Plastikanzug drückt sich wie ein Fisch an mich. Er schreit mir etwas ins Ohr, aber ich verstehe nichts und beiße in sein von einem Ring durchstochenes Ohrläppchen. Das Metall schmeckt nach kalter Milch. Ich behalte den Ohrring eine Weile im Mund; bis Rea mit schweren Schritten auf uns zu kommt und mich aus der Umklammerung fortreißt. In der Nähe des Ausgangs lehnen wir uns an die Mauer. »Gehen wir«, sagt sie, »diese Musik bringt mich um, ohne Ecstasy kann ich nicht tanzen.«

Als wir auf den Ausgang zugehen, stellt sich der Junge vor uns hin. Der nasse Ohrring glänzt. Er hebt und senkt die Arme. Die Iris rollt in seinen Augen, als wolle sie herausspringen. Rea öffnet ihr Täschchen, nimmt einen Schnuller heraus und steckt ihn ihm in den Mund. Dann verschwindet er nuckelnd zwischen den Lichtblitzen. Von der Lärmmaschine in die Nacht gespuckt, stehen wir halb blind und taub auf dem Parkplatz. »Was ist mit Nicola?« frage ich, Reas energischen Schritten folgend.

»Den lassen wir hier. Er hat mir die Schlüssel gelassen. Nach der Party ist der viel zu tot, um sein Auto zu suchen«, sagt sie und schließt die Autotür auf.

Erst jetzt bemerke ich die Kette, die am Innenrückspiegel hängt. Ein kleines goldenes Medaillon baumelt daran. Ich klappe es auf, auf der Innenseite ist das Foto einer Frau. »Zeig her«, Rea nimmt den Anhänger.

»Sicher seine Mutter. Damit sie ihm Glück bringt und bei ihm ist, wenn er einen Unfall baut und durch die Scheibe fliegt.«

Ich frage Rea, ob Nicola und sie zusammengehören und ein richtiges Paar sind. Sie zieht die Schultern hoch.

»Sex ist völlig aus der Mode gekommen«, sagt sie, »kenne niemand, der wirklich noch Spaß daran hat. Lügen doch alle.«

Ich weiß dazu nichts zu sagen und kichere nur blöd, weil ich mir vorstelle, wie sie es im Schwimmbecken miteinander treiben und wie der Neptun aus Mosaik dabei unter den Wellen eine häßliche Fratze schneidet und mit dem Dreizack ihre Hinterteile malträtiert. Rea verläßt die Autobahn; auf einer asphaltierten Straße fahren wir durch einen Wald, der in einen Parkplatz mündet. Vor uns ist ein Rastplatz mit Tischen, Bänken und Abfalleimern. Weiter hinten stehen Dolmen in einer Reihe. In einem der Gräber flackert das Licht einer kleinen Kerze. Rea kurbelt das Fenster auf und beugt sich hinaus, um besser zu sehen. »Dort pennt ja einer!« ruft sie, worauf sich der Deckenberg leicht bewegt und der hervorschauende verfilzte Haarschopf unter der Decke verschwindet, als ziehe eine verschreckte Schildkröte reflexartig ihren Kopf ein. Flaschen und Zeitungen liegen um das Grab herum. Hinter der Windschutzscheibe, zwischen den Flecken aufgeklatschter Insekten, strahlt der Mond in einem weißen Kreis. Es muß doch andere Orte geben, überlege ich, ganz andere als diesen hier. Im Klassenzimmer hing eine Weltkarte. Immer wieder hatte ich sie angeschaut, diese weißen, blauen und grünen Flächen, Zacken, mäandernden Linien und Ausbuchtungen, ich wußte, daß diese Karte ein Lüge war, denn die Erde hatte längst eine ganz andere Oberfläche erhalten. Der Erdkundelehrer fuhr mit dem Stab auf der Karte herum, er gab sich Mühe, so zu tun, als handle es sich dabei um ein Geheimnis, das darauf warte, von uns erkundet zu werden, aber mitunter huschte ihm ein gequältes Lächeln über die Lippen, wir wußten schließlich alle, daß wir es mit einem bis zur Unkenntlichkeit entstellten Planeten zu tun hatten, den eigentlich niemand mehr haben will.

Schemenhaft spiegelt sich Reas Gestalt in der Scheibe, ihre Haut ist durchsichtig gläsern. Plötzlich fürchte ich, daß sie früh sterben muß.

»Wir sollten von hier weggehen, Rea. In ein anderes Land.«

»Wozu, ist nirgendwo anders.« Sie schüttelt sich fröstelnd.

»Aber wie willst du das wissen? Zum Beispiel Milwaukee. Hast du das schon mal gehört. Dort ist doch kein Mensch, oder?«

»Mil-wau-kee.« Rea rollt das Wort im Mund herum wie eine Speise, die man auf ihren Geschmack testet.

»Meine Mutter muß ich ohnehin in ein Heim bringen«, sage ich, »wir könnten jederzeit aufbrechen.«

Ich stelle mir vor, wie wir die geistesgestörte Lucy in eine Klinik fahren würden, an einem warmen wolkenreichen Tag. Eine Schwester würde sie am Ellbogen durch einen langen Gang in ihr Zimmer führen. Lucy würde zurückblicken, und ihre aufgerissenen Augen würden sagen: Warum tust du mir das an, warum schiebst du mich hierhin ab?

»Es ist besser so«, würde ich ihrem immer kleiner werdenden Rücken zurufen und mir ganz sicher sein.

»Warum lassen wir uns nicht gleich auf den Mond schießen?« Rea ist plötzlich aufgeregt, richtet sich auf und drückt die Nase gegen die Windschutzscheibe, um den Mond besser zu sehen. »Stell dir vor, nur wir zwei. Und den Leuten auf der Erde würden wir Postkarten schicken: Ganz schön kalt hier oben, aber das Leben gefällt uns. Die Kinder sind glücklich und hüpfen in den Kratern herum. Manchmal binden wir sie an ein Seil und lassen sie wie Ballons im All herumschweben. Abends setzen wir uns auf einen Hügel und blicken zu euch hinunter. Von hier aus macht die Erde einen zerbrechlichen Eindruck, solltet euch vielleicht gelegentlich mal nach was anderem umsehen. Hier gibt es leider keinen Platz mehr.«

Im Traum ist der Mond schon fast aufgegangen, als ich Rea schlottern höre. Sie winkelt die Beine auf dem Sitz an und legt den Kopf auf die Knie. Es hat zu regnen begonnen. Das Licht der Kerze beim Dolmengrab wird immer schwächer. Der Parkplatz ist jetzt ein glänzendes Viereck. Hoffentlich kommen am Wochenende keine Familien hierher, überlege ich. Die Kinder würden sich auf den Clochard stürzen, der unter den Decken im Grab liegt und schläft. Sie würden an seinen Haaren ziehen und versuchen, ihn fortzujagen. Die Eltern, die auf den Bänken sitzen und Würste auf die Bratspieße stecken, würden ihre Kinder nicht davon abhalten. Im Gegenteil, sie würden die Bratspieße wie Fahnen in der Luft hin und her schwenken und sie mit Zurufen und Gelächter anspornen.

Die toten Insekten gleiten jetzt eine nach der anderen die Scheibe hinunter. »Fahr nicht weg«, murmelt Rea im Halbschlaf, »der Parkplatz ist vielleicht ein Riesenmaul, das zuschnappt, wenn wir versuchen wegzufahren.«

Seit Lucy fort ist, wächst der Garten wie im Fieber. Die Pflanzen haben bereits die schmalen Wege überwuchert. Sie stoßen einen Duft aus, an dem ich zu ersticken glaube. Deshalb halte ich die Fenster geschlossen. Nachts kann ich die Skorpione beobachten, die aus dem Deckengehölz wie aus dem Nichts herauskommen und über die weißen Wände kriechen. Sie bewegen sich kaum, und ich kann zwei, drei Stunden wegschauen und dann wieder hinsehen, und sie sind immer noch am selben Ort. Wenn sie aber weg sind, durchsuche ich in Panik das Bett und schüttle die Kleider aus, die über dem Stuhl hängen. Wo bist du nur, komm schon her, rufe ich dann, aber es ist vollkommen unsinnig. Ich habe noch nie einen Skorpion in meinen Kleidern gefunden. Wahrscheinlich kriechen sie einfach wieder ins Deckengehölz zurück. Ich frage mich, wie es dort oben aussieht. Dort, im Innern der Decke, leben die Skorpione, Hunderte vielleicht. Sie fressen, schlafen und paaren sich, alles direkt über meinem Kopf, und ab und zu geht einer von ihnen auf meinen Wänden spazieren. Möglicherweise kommen sie auch heraus, um mich zu beobachten. Sie melden den anderen, was sie gesehen haben, und planen, irgendwann alle gemeinsam herauszukommen, um über mich herzufallen. Ein dummer Gedanke, der nichts im Sinn hat, als mich einzuschüchtern. Ich bin imstande und glaube solche Dinge. Hungrig liege ich im Bett und stelle mir vor, daß ich die Dinge esse, die noch unten in der Küche sind. Sobald ich die Schwelle zu meinem Zimmer übertrete, ist es, als ob Alois aus den Wänden glotzt und beobachtet, wie ich sein Haus durchschreite. Es ist wieder ganz sein Haus, und ich bin eine Diebin, wenn ich mich darin bewege. Wie ein Kaninchen mit einem Gewehrlauf im Nacken gehe ich schließlich hinunter, den Blick auf den Boden gerichtet. Auf einem Tablett trage ich das Essen hinauf, schließe die Tür ab und nehme das Essen mit ins Bett. Ich beschließe, ganz langsam zu kauen und jeden Bissen zu genießen. In letzter Zeit habe ich immer alles runtergeschlungen, und nachher war in meinem Mund eine dumpfe Leere zurückgeblieben. Deshalb stelle ich mir vor, daß ich sehr lange nichts mehr zu essen bekomme; vielleicht heute sogar zum letzten Mal.

Das Hotel im Nachbardorf ist errichtet, es ragt hinter den Pappeln auf. Männer, die von einem Kran in die Luft gehoben werden, montieren die riesigen Leuchtbuchstaben für die Beschriftung: *Nova Park Hotel*. Die Buchstaben schweben noch an Seilen angebunden in der Luft.

Die Sonne scheint ins Zimmer, geradewegs in mein Gesicht. Der Finger ist ein Balken, der horizontal aufs Auge gelegt, die Sonne zudeckt. Schiebe ich den Finger ein wenig zur Seite, tauchen vor dem Schwarz rotierende regenbogenfarbene Kreise und Ellipsen auf. Die Sonnenstrahlen fahren wie Nadelstiche in die Augen, sobald ich den Finger zu weit verschiebe und das Licht auf die Netzhaut trifft. Schnell schiebe ich den Fingerbalken wieder vor und nehme ihn nicht wieder weg.

Die leere Halle des Restaurants öffnet sich vor mir wie ein großes Wasser, und als fürchtete ich, darin zu ertrinken, setze ich mich rasch an ein Tischchen am Ufer, mit dem Rücken zur Wand. Die Kellner hinter der Theke halten ungeduldig Ausschau nach den Gästen, die den Raum füllen sollten, aber nicht kommen. Die Tür fliegt auf, und Rea tritt ein. Erschrocken und neugierig starren die Kellner sie an, wie sie in Militärstiefeln durch den Raum stampft, in einem kurzen wippenden Röckchen, ein Taschentuch auf ihre blutende Nase gepreßt. Grußlos setzt sie sich hin und bestellt, männlich roh in Richtung Theke rufend, einen Whisky. Die Kellner fahren auf, um den Befehl auszuführen, wobei sie sich unentwegt in die Arme laufen. »Dieses Schwein«, höre ich Reas erstickte Stimme hinter dem Taschentuch.

»Habe Nicola zufällig getroffen, er begleitete mich ein Stück. Ich hatte das Auto am nächsten Tag vor seinem Haus geparkt und den Schlüssel in seinen Briefkasten geworfen. Kaum waren wir im Park, da packte er mich an den Haaren, zog mich zu sich und sagte, daß ich mich gefälligst entschuldigen solle, er hätte am nächsten Morgen per Anhalter nach Hause fahren müssen. Ich riß mich los, sagte, er hätte sich wohl im Jahrhundert geirrt. Sich entschuldigen, meine Güte.« Rea prustet los und knallt die Faust auf den Tisch.

»Ich habe mich in meinem ganzen Leben noch nie für

etwas entschuldigt! Da wollte er mich wieder packen, aber ich rannte los, quer über den Rasen. Sowie ich seinen Atem hinter mir näherkommen hörte, sprang ich herum, warf ihn zu Boden und hockte mich auf ihn. Sein Mund klappte ein paar Mal wie bei einem sterbenden Fisch auf und zu. Dann versuchte er, mir ins Gesicht zu schlagen, aber ich drückte meine Knie so auf seine Arme, daß er sich nicht mehr bewegen konnte. Und weißt du, was er dann gesagt hat?«

Rea beißt grinsend ins Taschentuch:

»›Ich hasse dich‹, hat er gesagt.« Rea lehnt sich triumphierend im Stuhl zurück: »Ich spürte, wie seine Beine hinter mir zappelten, während ich seinen Hals zudrückte. Sein Gesicht war schon ganz dunkelrot, als ich ihn losließ. Ich hob meine Jeansjacke vom Boden auf und ging aus dem Park. Ein paar Leute standen am Weg und glotzten Nicola an, der röchelnd im Gras lag.«

Rea trinkt mit einem Schluck den Whisky aus.

»Ich hätte ihn beinahe erwürgt. Na und? Im Grunde hätte man das Ganze filmen sollen. Das hätte einen geilen Werbespot für Jeansjacken abgegeben«, sagt sie, öffnet ihr Täschchen und läßt das Taschentuch mit spitzen Fingern hineinfallen.

Graue Wolkenfetzen fahren über die Sonne hin. Sie stampft, meine hohen Schuhe klappern, wir halten uns an den Händen, und ich wünschte, etwas von Reas Energie würde durch ihre Hand in die meine fließen, wie in ein sich allmählich auffüllendes Gefäß.

»Hör mal, Rea«, sage ich, »morgen bring ich meine Mutter in ein Heim. Wollen wir uns die Tickets nach Milwaukee besorgen?« Rea nickt. Sie kennt ein Reisebüro in einem Außenbezirk. Unser Weg führt durch die Unterirdische Stadt. Drogensüchtige haben sich in einer unbeleuchteten Ecke zusammengerottet, man hört ihre hektischen Stimmen. Zwei Touristen stehen verloren vor der Absperrung beim Skelett. Sie versuchen verzweifelt, den Text auf der Informationstafel zu entziffern, den jemand mit roter Farbe zugesprayt hat. Weiter vorne kommen wir an einem Mann vorbei, der mit gebeugtem Oberkörper auf einem Stein sitzt. Sein Kopf hängt nach unten, wie ein zu schwerer nutzloser Gegenstand, der keine Verbindung mehr mit dem Körper hat.

»Was ist denn mit dem los?« sage ich und bleibe stehen.

»Der ruht sich hier aus, sieht man doch.«

Es regt sich aber nicht der geringste Atem in seinem Körper.

»Sieht ziemlich tot aus.«

»Na und, dann können wir ihn erst recht in Ruhe lassen. Die Reinigungstruppe wird ihn dann schon finden«, sagt sie und packt mich am Arm. Sie geht rasch einem Ausgang zu, den ich nicht kenne; ihre Finger bleiben um meinen Arm geklammert, bis wir auf der Rolltreppe stehen, die uns ausspuckt in eine riesige schwarze Wüste. Vor uns breitet sich ein frisch asphaltierter Platz aus, in der Luft liegt noch der beißende Geruch von Teer. In einem Halbkreis bilden glitzernde Leitplanken die Grenze zur Autobahn. Ein Bus steht verloren auf dem Platz. Ohne daß wir einander anschauen oder etwas sagen, rennen wir darauf zu, von einem Entsetzen ergriffen, daß der Bus ohne uns abfahren und wir hier zurückbleiben könnten. Unsere nackten Beine kleben auf dem warmen Plastikpolster. Kate Moss grinst böse von einer Plakatwand herunter. Während die Stadt vor den Fenstern vorübergleitet, überlege ich, ob ich Lucy eine Nachricht hinterlassen soll. Aber sie will es gar nicht wissen, ob ich hier oder woanders bin. Dieser Gedanke platzt wie ein Wassersack in meinem Kopf. Immer mehr Menschen steigen in den Bus ein, und wir werden gegen das Fenster gedrückt. Die ganze Stadtbevölkerung scheint in diesem Bus fortgebracht werden zu wollen. Widerwillig rücken die Menschen immer näher zusammen, den Massenmörderblick im Gesicht. Rea zwickt mich andauernd in den Arm. »Gleich kommt unsere Haltestelle«, flüstert sie. Ich starre auf meinen Zeh, der vorn im Schuh aus einer Öffnung hervorkommt. Unter dem Nagelblatt hat sich Dreck angesammelt und dort eine eklige schwarzweiße Landschaft gebildet.

Schweigend gehen wir durch die sauberen Straßen des Vororts. Die Leute halten Topfpflanzen wie Haustiere vor den Fenstern, und kleine Kinder hocken taubstumm in Vorgärten, gaffen uns über die Tujahecken nach, als wäre noch nie ein Mensch an ihrem Haus vorbeigekommen. Wir betreten einen Marktplatz, in dessen Mitte sich ein auffällig helles rundes Gebäude, eine vollautomatische Toilettenkabine, ausnimmt, als handle es sich um eine Sehenswürdigkeit. Ich werfe eine Münze in den Schlitz und betrete einen hellglänzenden Raum. Aus einem unsichtbaren Lautsprecher tönt ein Schlager. Ich habe das Gefühl, soeben in eine Falle getappt zu sein, und beeile mich, so schnell wie möglich wieder hier rauszukommen. Das Waschbecken aus Chromstahl spiegelt mein Gesicht wie eine auseinandergezogene Gummimaske. Verzweifelt suche ich nach einem Hebel oder Knopf, um das Wasser anzustellen und mir die Hände zu waschen. Es fließt plötzlich von alleine, und ich halte erschreckt Ausschau nach einer Kamera, die mich beobachtet. Aber um mich herum ist nichts als blaßgelber Kunststoff. Als ich wieder nach draußen gehen will, kann ich nirgends einen Türgriff finden, nichts, was ich betätigen könnte, um von hier wegzukommen. Ich stehe vor der Kunststoffwand, unten dringt durch eine Ritze ein dünner Streifen Licht herein, und ich beuge mich hinunter und halte das Ohr daran. Von fern höre ich das Rauschen des Verkehrs. Ich stehe auf und fange an, sinnloses Zeug vor mich hin zu murmeln. »Nur keine Panik. Das Ding geht wieder auf, ganz automatisch.« Aus dem unsichtbaren Lautsprecher wird der Schlager abrupt von einem Rauschen unterbrochen. »Eine Störung«, sage ich zu mir und zucke zusammen, weil ich gerade laut gerufen habe. Jetzt rufe ich wirklich, gegen die Wand. Ich höre nur noch meine Stimme und rufe so laut und ohne zu atmen, bis mir schwindlig wird. Die Wand teilt sich surrend; ich stolpere hinaus auf den leeren Platz. Den Blick auf die Dächer und Häuser werfend, steuere ich Rea an, die an einem Zeitungsstand in einer Zeitschrift blättert. Sie kauft einen Stapel Zeitschriften für unsere Reise. Wenige Straßen weiter kommen wir zum Reisebüro, aber es ist geschlossen. Aus dem Schild mit den Öffnungszeiten geht allerdings hervor, daß jetzt eigentlich geöffnet sein müßte, und Rea flucht und drückt die Nase an der Scheibe platt. Innen bleibt es dunkel. Sie sagt, sie wird die Tickets eben telefonisch bestellen, und wir machen uns wieder auf den Weg zurück zur Busstation. Die grauen Wolken haben sich inzwischen über den ganzen Himmel ausgedehnt. Es donnert von weit her. Zwei Mädchen springen von einer Schaukel und laufen ins Haus. Der Regen kommt schnell und schmetternd. Traubengroße Tropfen klatschen auf unsere Köpfe, es gibt in der Gegend keine Restaurants oder

Geschäfte, in die wir uns flüchten könnten. Wir rennen eine endlose Reihe von Einfamilienhäusern entlang. Zwischen den Häusern ragt ein Betonturm mit einem Kreuz auf. »Eine Kirche«, ruft Rea, und ich renne hinter ihr her. Durchnäßt setzen wir uns in der kalten Kirche in eine Bank. Auf dem Altar flackern ein paar Kerzen in roten Plastikbechern. Auf die Wand ist ein Jesus gemalt. Er hängt klein und zerbrechlich an einem goldenen Kreuz. Links und rechts von uns ragen Säulen aus Sichtbeton zur Decke. Der Regen fließt an den langen Fenstern herunter. »Das ist ja wieder mal zum Kotzen«, sagt Rea und schüttelt den Kopf, das Wasser spritzt in feinen Tropfen aus ihren Haaren in mein Gesicht und auf den Boden.

»Kirchen sind schrecklich. Auf der Beerdigung meines Großvaters, während alle mit gesenkten Köpfen dasaßen, begann ich plötzlich loszulachen. Einfach so, ohne Grund, und ich konnte überhaupt nichts dagegen tun. Und das schlimmste war, ich konnte überhaupt nicht mehr aufhören. Es war furchtbar, denn ich wollte ja gar nicht lachen. Ich hörte meinem Lachen zu, das immer größer und lauter wurde. Lieber wäre ich tot gewesen und hätte in dem Sarg gelegen, in dem mein Großvater lag, als mein Lachen und all die Augen zu ertragen, die mich voller Entsetzen anstarrten. Jemand brachte mich dann hinaus, und ich mußte warten, bis die Beerdigung zu Ende war und meine Eltern und all die Verwandten herauskamen. Beim Traueressen biß ich die ganze Zeit auf einem Brötchen herum und versuchte, niemanden anzusehen.« Rea lacht auf, ein krampfartiges Glucksen. Sie hat die Brille von ihrem Gesicht heruntergenommen, um die Gläser an ihrem T-Shirt abzutrocknen.

»Weißt du was! Ich schenk dir meine Brille.«

Ich schüttle den Kopf.

»Ja doch, ich schenk sie dir und kauf mir dann eine neue. Für Milwaukee.«

Wir sitzen in der Kirche wie in einem Käfig, der Regen scheint nicht mehr aufhören zu wollen.

»Wir könnten deine Mutter im Krankenhaus besuchen, bevor wir abhauen«, sage ich zu Rea, weil ich plötzlich wirklich Lust dazu habe. Überrascht zuckt sie zusammen. Abscheu flackert in ihren Augen, in die ich jetzt zum erstenmal blicke, Abscheu, die ausstrahlt auf ihre Stirn und den Mund, ein dünner Strich, die Lippen wie eingesogen.

»Du bist wohl krank, Jo.«

Die Skorpione sind von den Wänden ins Deckengewölbe zurückgekehrt. Bis nächsten Sommer werden sie nicht mehr herauskommen. Ich ziehe den Koffer unter dem Bett hervor und packe die Kleider und Bücher und die nie abgeschickten Postkarten ein. Es ist noch frisch, so früh am Morgen; die Buchstaben des Nova Park Hotels schweben über den Pappeln. Aber man ahnt schon die Hitze, die in wenigen Stunden hereinbrechen wird. Rea hat gesagt, daß ich zu ihr ziehen soll, bis wir einen Flug nach Milwaukee haben. Ich stelle den Koffer im Eßzimmer ab und gehe ein letztes Mal um die Dorfmauer. Als ich beim Tor um die Ecke biege, sehe ich von hinten die Gestalt des alten Ehepaares mit dem Hund. Sie spazieren neben den Bäumen, bleiben stehen, stützen sich am Geländer ab und blicken auf die Stadt, die in bläulichem Dunst liegt. Der Hund schnüffelt an den Wurzeln eines Baumes und hebt das Bein. Die Frau zieht plötzlich an der Leine, so daß der Hund am Boden entlangschleift. Er jault auf, die Alte bückt sich und zieht ihn an beiden Ohren. Sie sagt etwas, das wie eine Zurechtweisung klingt. Und dann beginnen sie von beiden Seiten auf den Hund einzutreten. In kurzen heftigen Tritten stoßen die Füße des Ehepaares in den Hundekörper. Der Ausbruch dauert wenige Sekunden. Erst als sie weitergehen, kommt mir der Gedanke, daß ich etwas sagen müßte. Rasch gehe ich auf sie zu. Als ich dann aber ihren säuerlichen Geruch atme und in ihre ängstlichen und zugleich brutalen Gesichter blicke, überwältigt mich ein Ekel, der mich schweigen und schnell davongehen läßt. An der Busstation studiere ich den Fahrplan. Eine halbe Stunde habe ich Zeit, meine Sachen zu holen. Ich versuche an Milwaukee und Rea zu denken, damit sich die Alten in meinem Kopf auflösen. Im Haus schließe ich alle Läden. Ich möchte jetzt so schnell wie möglich von hier fort. Im Badezimmer steht noch die geöffnete Flasche Roberts-Shampoo. Ich schraube den Deckel drauf, als es klingelt. Reas Stimme flüstert aus dem Hörer: »Hör mal, es ist soweit mit meiner Mutter. Du kannst jetzt nicht kommen. Wir müssen die Reise verschieben. Ich ruf dich wieder an, wenn hier alles vorbei ist.«

Zehn Tage sind die Lichtströme auf mich niedergefahren. Der Schmerz hatte im Kopf begonnen und sich allmählich über den ganzen Körper ausgedehnt. Anfangs ging ich mit zusammengekniffenen Augen in den Garten oder zum Einkaufen ins Dorf. Als es nicht besser wurde, habe ich die Brille aufgesetzt, die mir Rea in der Kirche geschenkt hatte. Die Welt wurde orange, später grünlich, Wellen von Übelkeit brachen über mir zusammen, und ich stürzte ins Bett. Die Lichtstreifen, die zwischen den Jalousien ins Zimmer drangen und sich über den Boden, den

106

Tisch und das Bett ausgebreitet hatten, ließen mich unter die Decke kriechen. Dort habe ich mir Höhlen ausgedacht. Höhlen, die sich hinter einer winzig kleinen Öffnung auftun, da wollte ich hineinschlüpfen, eine atmende Kugel werden, dort drinnen, wo kein Licht, kein Laut, kein panisches Leben geboren werden kann. Die Matratze von Schweiß durchnäßt, wälzte ich mich tagsüber unter der Decke, und nachts, wenn ich zwischen den Träumen ins Dunkel blickte, die Füße unter der Decke in die kühle Luft hervorstießen, glaubte ich, ich läge am Strand, die Füße im Meer.

Das Kreischen von Giuseppes Vögeln hat mich geweckt. Das Bett, in dem ich liege, ist eine Insel, die drauf und dran ist unterzugehen.

Die Jalousien klappern; von irgendwoher weht ein kalter Wind. Heute fallen die Lichtstreifen matt und ungefährlich ins Zimmer, satte schlafende Raubtiere. Ich richte mich auf und stelle die Füße auf den Boden. Die Wand gegenüber rückt nach vorn, scheint auseinanderzufallen; ich starre auf die Stuhlbeine, die sich nach unten hin zerfasern, bis ein leerer Raum entsteht. Es sieht aus, als erhebe sich der Stuhl in die Luft. Die Kälte des Steinbodens dringt durch die Fußsohlen. Hinter mir liegt die noch warme, zurückgeschlagene Decke, die aufgebrochene Schlafkapsel, aus der ich herausgekrochen bin. Bei jeder Bewegung knacken und knirschen die Knochen, als wären sie schon alt und abgetragen. Eine eingesunkene Körperhülle vorwärtsschiebend, gehe ich die Treppe hinab durch Alois' leere Bibliothek, durch den Gang in die Küche, und ganz automatisch, als führte mich jemand an einem unsichtbaren Faden, finde ich mich im Bad und blicke in den Spiegel. Ich trage ein Nachthemd von Lucy, das viel zu groß ist. Die

Ärmel hängen wie Segel an mir herunter. Die Haare stehen vom Kopf, als hätte ich zu lange im Wind gestanden; die Lippen sind zu zwei brüchigen sandhellen Streifen getrocknet. Im warmen Wasser in der Badewanne liegend, schaue ich dem Dampf zu, der an die Decke steigt. In Gedanken sehe ich meinen toten Körper im Autopsieraum auf einer hohen Bahre liegen. Der Raum ist sehr sauber, mit großen, verchromten Waschbecken und weißgekachelten Wänden. Ein Mann in einem grünen Kittel bewegt meinen Körper so, daß er auf der Mitte der Bahre zu liegen kommt. Ein anderer, der daneben steht, legt die metallenen Instrumente zurecht. Plötzlich beugt sich der Mann im Kittel mit dem Kopf zu meinem Bauch herunter, dorthin, wo der Bauchnabel ist und rechts davon das braune Muttermal. Ich sehe das Muttermal immer, wenn ich an mir herabblicke. Eine runde braune Erhebung. Ich sehe es gern, und ich bin ein wenig stolz darauf, weil das nicht jeder hat, gleich neben dem Bauchnabel. Der Mann ruft den anderen mit den Instrumenten zu sich, damit er es sich ansieht. Er beugt sich ebenfalls, und dann sagen sie etwas; ich kann die Wörter nicht verstehen. Aber ich weiß, daß es irgendein schmutziger Witz ist. Sie lachen beide, mit zurückgeworfenen Köpfen. Und das ist das letzte Bild. Es ist klar, wird immer breiter, es *klebt* an der inneren Hirnschale fest. Aus der Wanne steigend, wünschte ich, es wäre Winter, damit ich etwas Warmes anziehen könnte.

Vor laufendem Fernseher warte ich auf Reas Anruf. Das Telefon steht auf einem Tischchen am Fenster. Ich ertappe mich dabei, wie ich zum Fenster gehe und auf das Klingeln warte, bereit, den Hörer sofort abzuheben. Nachts lasse ich die Tür zum Eßzimmer offen und schlafe jetzt in der Küche vor dem Kamin, damit ich das Klingeln nicht verpasse. Aber es bleibt still im Haus. Der Gedanke an Rea versinkt mehr und mehr hinter dem Anblick des Telefons, des Tisches und des Fernsehgeräts.

Ich weiß jetzt, sie wird nicht mit mir fortgehen. Vielleicht wird sie früh sterben, aber das geht mich nichts mehr an, und ich werde es nie erfahren. Die Wörter Rea und Milwaukee schrumpfen zu kleinen harten Angstkugeln. Ich bin voll mit diesen Kugeln, die mich von innen ausbeulen und verformen, so daß ich in alle Richtungen auseinanderzubrechen drohe. Jede einzelne dieser Kugeln ist ein selbständig funktionierender Organismus. Sie bekriegen sich gegenseitig, denn jede will mich ganz. Die Lucy-Angstkugel ist die größte, manchmal verschwindet sie, aber jetzt ist sie wiederaufgetaucht und wächst und bekriegt die anderen.

Ich habe die Nummer gewählt, die sie Hunderte von Malen im Fernseher ausgestrahlt haben, und ein Computerspiel in Taschenformat bestellt. Damit geht die Zeit vorüber. Wenn ich auf Start drücke, erscheinen Wohntürme auf dem Bildschirm. Meteoriten stürzen mit einem drohenden Geräusch vom Himmel auf die Wohntürme herab. Ich stehe auf einem der Dächer und schieße aus einem Rohr auf die Meteoriten, bevor sie die Stadt erreichen. Wenn drei der Wohntürme zerstört sind, ist die Stadt ausgelöscht, und auf dem Bildschirm blinkt die Schrift *Game over* auf. Ich höre nicht auf, bis ich die Stadt gerettet habe. Es gibt schnellere und langsamere Meteoriten. Für die langsamen habe ich nur ein verächtliches Grinsen übrig, denn die knalle ich auf alle Fälle ab. Ich hüpfe auf dem Dach herum und schieße mit dem Rohr in den Himmel. Mit einem kurzen Zischen lösen sich die getroffenen Meteoriten auf.

Vom Balkon aus sah ich, wie Vater im Hinterhof eine Schaukel aufstellte. Er rief mich herunter, ich setzte mich auf das rotlackierte Brett und umklammerte mit beiden Händen die gelben Kunststoffseile. Vater schubste mich von hinten an. Ich lehnte mich zurück und beugte mich nach vorn, schaukelte bald hoch in der Luft mit nassem Gesicht, weil der Wind mir das Wasser aus den Augen trieb. Vater stand daneben und lachte und rief etwas, aber ich sah ihn nicht mehr. Über mir standen die Wolken wie große weiße Rücken; und ich wollte da hinaufkommen, um auf einem dieser Rücken über den Himmel zu fahren, und ich glaubte, es zu schaffen, wenn ich nur fest genug schaukelte.

Diesen Tagtraum würde ich Luciano erzählen, stünde er jetzt hier neben mir, im Türrahmen des Badezimmers. Vor dem Spiegel pudere ich mein Gesicht, bis es ganz puppenhaft zurückschaut. Ich richte mich her für Luciano, der sich ein paar Straßen weiter in seinem Dachzimmer aufhält. Es ist beruhigend zu wissen, daß er einfach da ist, in seinem Zimmer liegt, in eine Blechdose singt, sich ein Mikrofon vorstellt und sich einen Dreck darum kümmert, ob jemand zuhört oder nicht.

Ich werde ihn aufsuchen und mit ihm fortgehen. Es genügt, jemanden zu kennen, den man an die Hand nehmen kann, um mit ihm fortzugehen. Vor dem Haus bläst ein kalter Wind. Auf dem Dorfplatz ist es still geworden; die Menschen haben sich ins Innere der Häuser oder in die Bar zurückgezogen. Die langgezogenen Schatten der Männer in der Bar, die mit gebeugten Schultern an den Tischen sitzen, kleben wie Abziehbilder auf dem Boden des Dorfplatzes. Ich bleibe stehen und blicke zwischen den Vorhangstreifen in die Bar. Einer der Palmisano-Brüder steht an der Theke und redet auf den Kellner ein. An die Theke gepflanzt, mit eingesacktem Oberkörper, als hätte man ihm die Luft rausgelassen. Er redet mit der mühsam schnaufenden Stimme eines völlig Betrunkenen. Luciano ist nirgends zu sehen, ich gehe weiter bis zu seinem Haus. Ich erwarte, seine heisere Stimme schon oben an der Gasse zu hören. Aber als ich vor dem Haus stehe, suche ich vergeblich nach seiner Klingel. Das Namensschild für die obere Wohnung ist entfernt worden. Ich blicke eine Weile auf den weißen Balken, dort, wo sein Namensschild angebracht war. Luciano ist bereits in die Stadt gezogen. Allein. Als ich umkehren will, stoße ich mit jemandem zusammen, der um die Ecke gerast kommt. Es ist einer der Palmisano-Brüder. Ich gehe rasch weiter.

»He, he, warte. Suchst du etwa mich?«

»Nein.«

»Warum streunst du hier herum?«

»Geht dich doch nichts an, oder? Laß mich in Ruhe.«

Seine Nasenflügel beben, die Stimme kommt ganz hoch und gedrängt aus seinem kleinen Mund.

»Du kleine Schlampe!« Er ist ganz außer Atem, weil ich jetzt schneller gehe. Mühsam schiebt er seinen Körper vorwärts. »Du bist eine richtige Schlampe, nicht wahr, das bist du doch. Gibst du es nicht zu, ja?«

Er hört nicht auf, auf mich einzureden. Sein dickliches Kinn bewegt sich unablässig auf und ab. Er geht so nahe neben mir, daß ich seinen keuchenden Atem höre. Die Worte scheinen aus einem tiefen Kerker zu kommen, und jetzt, endlich freigelassen, klatschen sie wie glühende Eisen aus seinem Mund an meinen Kopf. In meinem Hals hat sich ein Kloß gebildet, der mich am Schlucken hindert. Umzingelt von einem unerträglichen Lärm, beginne ich zu laufen. Aber der fluchende Koloß kommt weiter hinter mir her. Er beginnt, an meinen Haaren zu ziehen, er reißt sie nicht aus, er zupft nur daran, wie ein Kind an einer kleinen Glocke zieht, damit es das Bimmeln hört. Ich mache einen Sprung, so daß ich ihm gegenüberstehe, und spucke vor ihm auf den Boden. Auch er bleibt unverzüglich stehen und blickt erstaunt das Häufchen Spucke an, das sich vor seinen Füßen auflöst.

»Du willst also am Osterfest den Jesus spielen und am Kreuz durchs Dorf getragen werden, nicht wahr, Palmisano? Das ist doch dein *allergrößter* Wunsch. Und ich schwöre dir jetzt, daß so ein Riesenhaufen Dreck wie du es nie schaffen wird, auch nur für *einen* Tag Jesus zu spielen, hast du das kapiert? *Niemals!*«

Ein Ruck geht durch seinen Körper. Seine Augen weiten sich, als verstünden sie nicht, er steht da mit geöffnetem Mund. Eine winzige schwarze Öffnung unterhalb der Nase. Die viel zu langen Arme hängen wie ausgerissene Pflanzen an seinem Körper herab. Wir stehen uns eine Weile schweigend gegenüber. Der Schmerz zuckt in seinen Augen, die mehr und mehr zu großen dunklen Scheiben werden, die mich nicht mehr sehen und in denen ich mich zu spiegeln glaube.

Als ich an der Kirche vorbeilaufe, trete ich beinahe auf eine Katze, die auf einem Teppichvorleger liegt. Sie erhebt sich laut schnurrend und folgt mir auf dem Weg. Ihr hochschwangerer, zum Platzen gefüllter Bauch schwankt bei jedem Schritt hin und her. Sie biegt mit mir in die Gasse ein, verschwindet dann durch das Loch einer Kellermauer.

Der Schlafsack ist eine lange dunkle Röhre, in die ich hineinkrieche. Durch die Ritzen der Mauern ist der Winter ins Haus gedrungen. Es ist vollkommen dunkel in der

Röhre, und ich höre das Pochen des Blutes in den Ohren. In diesem Pochen und dem Atem, der die Luft in der Röhre erwärmt und einen Kokon bildet, wünschte ich einzuschlafen und wegsterben zu können.

Es ist ein stilles, aber unaufhörliches Schneetreiben, das in dieser Nacht den Traum beherrscht. Eine Katze erscheint, die in einem kalten Keller ihre Jungen gebiert. Auch darüber fällt der Schnee und deckt sie zu. Dann ferne Schritte, die rasch näher kommen. Nichts kann ich sehen zwischen den Schneeflocken, die einen weißen Vorhang bilden, ich höre nur das Knirschen von Schuhen, die einem unsichtbaren, bedrohlichen Besitzer gehören. Am Morgen klebt der Stoff von Lucys Nachthemd naß auf meiner Haut. Ich stehe auf, um in den Garten zu gehen. Die nackten Füße hinterlassen auf dem kalten Steinboden helle Abdrücke, die sich gleich wieder auflösen. Der Boden im Garten ist spröde und voller Risse. Der Stamm des Feigenbaumes stülpt sich wie ein Knorpel aus der harten Erde. Kleine knittrige Früchte hängen an ihm. Die Blumen sind allesamt braun verdorrt. Die Luft riecht nach Schnee. Im Blütenstaubzimmer liegt noch das Laken, auf dem Lucy gelegen hat. Ich kann mich an einen bestimmten Geruch erinnern, der immer in diesem Raum hing, aber die Kälte hat jetzt alle Gerüche im Haus vertrieben. Nicht einmal Alois glotzt mehr aus den Wänden heraus. Die Mauern sind glatt und feucht. Das Haus ist so, wie es war, bevor er und Lucy hier eingezogen sind. Nichts erinnert mehr an sie. Selbst der Blütenstaub, der wie ein gelber Teppich über dem Boden liegt, wirkt, als wäre er nicht von Lucys Händen zusammengetragen worden, sondern von selbst über die Jahrzehnte durch die offenen Fenster hineingeweht. Dieser Raum sieht aus, als ob es auch draußen nichts mehr geben könnte, keine Häuser, keine Zimmer und keine Menschen mehr, die darin leben. Das Haus und der Garten sind erstarrt in der kalten Luft, in Erwartung des ersten Schnees.

Als der Bus den Hügel hinunterfährt, ist es nicht wie ein Abschied. Ich habe die Tür zum Haus nicht abgeschlossen. Vielleicht werden wilde Katzen im Winter hineingehen. Sie werden in meinem Bett hocken, ein Knäuel von warmem atmendem Fell, während draußen der Winter tobt. Ich habe die paar Lebensmittel, die es in der Küche noch gab, auf den Tisch gestellt. Einige Katzen werden trotzdem verhungern. Der Bahnhof der Stadt ist so klein, daß die meisten Züge daran vorbeifahren. Auf meinen Zug wartend, laufe ich vor dem Bahnhof auf und ab. Das Einkaufszentrum auf der anderen Seite ist geschlossen. Kein Mensch geht über den Platz. Das Einkaufszentrum ist, wie alles, unscheinbar, in graues Licht gehüllt. Nur die Bauarbeiter, die die Straße vor dem Bahnhof aufreißen, leuchten gelb in ihren Overalls. Weiter oben ist die Straße abgesperrt. Polizisten versuchen, die ungeduldig drängelnden Autos umzuleiten, die sich mit den Stoßstangen wie mit aufdringlich schnüffelnden Schnauzen ganz nahe an die Absperrung heranschieben, als würden sie es nicht glauben, daß sie ihren Weg hier nicht fortsetzen dürfen. Weiter oben auf der anderen Straßenseite ist ein Café. Durch die Scheibe hindurch sieht man die Umrisse der Gäste, die Zeitung lesen. Sie scheinen nichts wahrzunehmen von dem Verkehrschaos, das sich vor ihnen abspielt. Ich beneide die Leute, die dort eintreten, einen Kaffee bestellen, die Beine übereinanderschlagen und in einer Zeitung blättern. Und keinen einzigen Blick durch die Scheibe auf die Straße werfen, als existiere sie nicht und hätte keinerlei Bedeutung. Zwischen mir und dem Café liegt die Baustelle. Um auf die andere Straßenseite zu gelangen, müßte ich bis zum Ende der Straße gehen. Aber ich habe nicht mehr viel Zeit bis zur Abfahrt. Einer der Bauarbeiter schaufelt Steine. Es ist Luciano, der wie die anderen in einem gelben Overall steckt. Seine Stirn glänzt vom Schweiß. Ich rufe und winke ihm zum Abschied. Aber er hebt seinen Kopf nicht, so laut ich auch rufe. Das Donnern der aufschlagenden Steine ist nicht zu übertönen. Plötzlich hält er inne, wirft die Schaufel hin und setzt sich auf einen der Steine. Er blickt vor sich hin mit erloschenem Mund, die Hände auf den Knien, wie ein gefährdetes kleines Tier, das zu erschöpft ist, ein Versteck zu suchen.

Der Zug, in den ich einsteige, ist silbrigweiß mit einer langen schmalen Schnauze. In einem Sechserabteil ist in der Mitte noch ein Platz frei. Eingekeilt zwischen zwei Fahrgästen, die die Arme auf die Lehne gestützt haben, wundere ich mich, so dicht zwischen zwei völlig fremden Menschen zu sitzen. Alle Leute in diesem Abteil lesen, und weil ich nichts bei mir habe, hinter dem ich mich wie hinter einem Schild verbergen könnte, beuge ich den Oberkörper ein wenig vor, damit ich aus dem Fenster blicken kann. Kein Luftzug dringt von draußen herein, und es ist kein Rattern zu hören. Auch als ein Zug entgegenkommt, ist nicht die geringste Erschütterung zu bemerken. In diesem Vakuum auf einem Schienenstrang fahre ich über die Grenze. Eine Frau stellt sich robust breitbeinig in die Tür, um die Pässe zu kontrollieren. Ihr Blick schweift geierhaft über unsere Köpfe, man spürt ihn, obwohl ihr keiner ins Gesicht schaut. Alle lassen augenblicklich ihre Zeitungen und Bücher sinken, und ein emsiges Rascheln in den Taschen und Jacken erfüllt das Abteil. Es ist, als fühle sich jeder von der Frau in der Tür verdächtigt, ein Schwerverbrecher zu sein. Das Mädchen, das mir gegenüber sitzt, beugt sich zu ihrer Tasche auf dem Boden, dabei wölbt sich ihr Bauch über den viel zu eng geschnürten Gürtel. Sie gibt sich Mühe, sich nichts anmerken zu lassen, aber das Zittern ihrer Mundwinkel verrät ihr Erstickungsgefühl. Kaum ist die Tür unseres Abteils geschlossen, heben die Leute die Bücher und Zeitungen wieder vor die Gesichter. Ich kann die Erscheinung der Zollbeamtin nicht vergessen und überlege, ob sie vielleicht gleich wieder zurückkommt, um mich aus dem Zug zu werfen. Es soll doch auch schon vorgekommen sein, daß man Menschen zu Unrecht eingesperrt hat, weil man sie verwechselt hat. Das Mädchen mit dem zu eng geschnürten Gürtel liest in einer Zeitschrift, die *Lisa* heißt. Die Frau auf dem Titelblatt lächelt mich an. Sie scheint mir zuzuflüstern: Aber warum sollte man ausgerechnet dich verwechseln, das ist doch lächerlich. Es gibt so viele Leute in dem Zug. Und du sitzt hier und hast Angst. Nicht einmal den Ellbogen zu heben und auf die Lehne zu stellen, getraust du dich. Dabei ist es doch dein Recht. Jeder hat eine Lehne zur Verfügung. Verstehst du, *jeder.* Das Mädchen klappt müde die Zeitschrift zu. *Lisa* liegt zerknittert auf ihrem Schoß. Es ist mir unerklärlich, wie man schlafen kann, wenn einem jemand mit geöffneten Augen gegenübersitzt. Das Mädchen rückt sich in dem Sessel zurecht, sie liegt wie in Watte gebettet. Das sieht so behaglich aus, daß es mich provoziert. Ich wünsche ihr einen Alptraum, aus dem sie schreiend aufwacht. So laut schreit, daß die Leute aus ihren Sitzen hochfahren und bedauernde Worte aussprechen würden. Einer ginge gar hinaus, um ein Glas Wasser zu besorgen. Dem Mädchen wäre es peinlich, sie würde sich entschuldigen, nervös die Haare aus dem Gesicht zupfen und in einem Anfall innerer Verzweiflung die Puderdose in ihrer Tasche suchen. Und inmitten dieses Aufruhrs würde ich sitzen bleiben, ihr freundlich verständnisvoll zunicken und, als wäre es das Selbstverständlichste auf der Welt, *beide* Ellbogen auf die Lehnen stützen. Ich habe einmal gelesen, daß man Leute mental beeinflussen kann, wenn man all seine Energie bündelt und sich darauf konzentriert. Den Schlaf des Mädchens stelle ich mir als einen Topf vor, in den ich Träume einpflanze, die in die Höhe schießen und wild in alle Richtungen wachsen, ihrem erholsamen Schlaf die Luft wegnehmen und ihn langsam ersticken. Auf ihren Lidern ist nicht das leiseste Zucken zu sehen.

In der Bahnhofshalle suche ich Vaters Brief mit der Telefonnummer. Eine ganze Weile durchwühle ich den Koffer, während um mich herum die Leute zu ihren Züge rennen. Neben mir in der großen Halle hat sich eine Schulklasse zusammengerottet. Sie treten ihre Abschlußreise an. Sie rufen sich einzelne sinnlose Wörter zu, obwohl sie so nahe beieinander stehen, daß sie flüstern könnten. Ein Junge teilt Schokoriegel aus. Gierig essen sie sie auf, verstohlen um sich blickend, und rennen dann plötzlich, im Strom mit den anderen Leuten, wie in Panik geraten, in den Zug.

Die Menschen hier sehen nicht anders aus als in der Stadt, die ich heute morgen verlassen habe. Es ist der gleiche Lärm in ihren Stimmen, und wahrscheinlich hatte Rea recht, auch in Milwaukee wäre nichts anders.

Ich habe Vater erwartet, aber es ist Anna, die den Hörer abnimmt und mir mit schläfriger Stimme mitteilt, daß ich Vater im Moment nicht sprechen könne, da er mit einer Erkältung im Bett liegt. Sie komme mich aber sofort abholen. Eine Viertelstunde später steige ich in ein dunkelgrünes geräumiges Auto. In ein richtiges Familienauto, mit dem man in die Ferien fahren kann. Unter dem Steuerrad wölbt sich ihr Bauch, und ich staune, weil ich Anna schlank und knochig in Erinnerung habe. Ich schaue den Bauch immer wieder an, und es dauert ziemlich lange, bis ich begreife, daß sie schwanger ist.

»Mein Gott, du bist ja, das ist...« Es klingt entgeistert, aber sie fährt lächelnd mit der Hand über ihren Bauch.

»Ja. Du weißt es ja noch gar nicht. Ich bin im siebten Monat.«

Das erste, was ich sehe, als ich ins Haus komme, ist ein Kinderwagen, der im Flur bereitsteht, um das Kind aufzunehmen und herumzufahren. Anna führt mich in den oberen Stock in Vaters Zimmer. Sein Gesicht ist zum Fenster gekehrt. Es riecht nach Kräutertee und frischen Leintüchern. Auf seinem Nachttisch steht eine Flasche Hustensaft. Daneben der klebrige kreisförmige Abdruck eines Löffels. Es ist sehr warm im Zimmer. Vaters Augen glänzen vom Fieber. Seine Haut ist trocken und irgendwie schuppig. Ein Luftbefeuchter röchelt neben dem Bett. »Ich habe gehofft, du würdest bald kommen. Ich wollte es dir nicht im Brief schreiben. Es wird wahrscheinlich ein Mädchen, gerade gestern erst haben wir *es* im Ultraschall gesehen, der Arzt meint, *es* sei völlig gesund.«

Während er dann davon spricht, daß ich hierbleiben könne und Anna mir dabei helfen werde, eine Stellung zu finden, suche ich im Zimmer nach den Zigarettenstummeln, die früher wie kleine Soldaten den Tischrand säumten. Es beunruhigt mich, keine zu finden. Viel mehr als das Kind und der merkwürdig milde Ausdruck in Vaters Gesicht. Viel mehr als die Flecken auf seinen

118

Handrücken, die ich zum erstenmal sehe, und der Luftbefeuchter und dieses deprimierende Röcheln, das nicht aufhört.

»Rauchst du nicht mehr?« Diese Frage überrascht ihn so sehr, daß er einen Moment lang nichts sagt, nur milde nachsichtig lächelt, und ich presse die Fingernägel in die Handballen, damit ich sie ihm nicht ins Gesicht schlage. Ohne anzuklopfen, kommt Anna herein und bringt das Thermometer.

Paulin bewohnt den Keller. Sie sagt, sie mußte das Zimmer oben räumen, weil sie für das Kind jetzt mehr Platz brauchen. Gemeinsam schleppen wir eine Matratze vom Dachboden neben ihr Bett. Paulin trägt Männerhemden und schwarze Socken. Sie zeigt mir die Fotografie ihres Freundes. Er steht in einem Vierfarben-Kampfanzug auf einer Wiese, eine Maschinenpistole im Anschlag. Die Kieferknochen stehen energisch vor, in ungeduldiger Erwartung, endlich abzudrücken. Stolz erzählt Paulin, er sei in der Armee und gerade zum Offizier ernannt worden. Am kommenden Wochenende fahre sie mit ihm in die Berge, um an einem Überlebenstraining teilzunehmen. Ich frage sie, ob sie immer noch Klavier spiele, aber sie rümpft nur verächtlich die Nase und beginnt, über Anna und meinen Vater zu schimpfen. Jetzt hätten sie ja etwas, womit sie sich beschäftigen könnten. Bei ihr seien sie nicht zum Ziel gekommen. Ich verstehe nicht, was sie meint, aber ich frage sie auch nicht. In der Ecke des Zimmers steht ein Aquarium. Zwei Fische, durch eine Glasscheibe getrennt, schwimmen synchron darin auf und ab. Mit verschränkten Armen stellt sich Paulin neben das Aquarium.

»Weißt du, was geschehen würde, wenn man die Trennscheibe entfernen würde?« fragt sie und lächelt maliziös. Ich schüttle den Kopf.

»Auffressen würden sie sich. Gegenseitig umbringen und fressen. Die warten nur darauf, daß man die Scheibe wegnimmt.«

Als ich sie später frage, warum sie denn ausgerechnet Überlebenstraining macht, blickt sie mich verständnislos an, wahrscheinlich habe ich gerade die bescheuertste Frage gestellt, die sie je gehört hat. Beim Nachtessen tuscheln Anna und Vater wie zwei Verschwörer. Paulin schlingt das Essen in sich hinein und steht dann wortlos vom Tisch auf. Ich muß immer Annas Bauch ansehen, ein Berg, den sie vor sich herschiebt, nicht ein beschwerender, der auf ihr lastet, eher ein mit Luft gefüllter, der sie leichter macht und ihr erlaubt, geschlossene Türen zu öffnen, ohne anzuklopfen.

Im Zimmer ist es dunkel. Nur das Aquarium ist beleuchtet, und die Fische schwimmen ruhelos auf und ab, man könnte meinen, sie schauten sich dabei in die Augen. Die blauen, spitz zulaufenden Rückenflossen wedeln aufgeregt, glänzen wie Metallscheiben im Wasser. Sie hören nicht auf, an dieser Scheibe auf und ab zu schwimmen, und ich frage Paulin, ob diese verdammten Fische nicht auch mal aufhören damit und sich zur Ruhe legen. Paulin liegt erhöht neben mir auf dem Bett, das Gesicht zur Wand gedreht und gibt keine Antwort. Sie schläft oder weint vielleicht einfach still in die Wand hinein. Die Wände sind so dünn in diesem Haus, daß man das Baby förmlich wachsen hört. Annas Bauch pulsiert, und die Wände bewachen diesen Bauch, als wären sie für nichts anderes gebaut worden. Ein Bauch, der beständig wächst, alles ausfüllt und verdrängt, selbst Vaters Zigarettenstummel. Plötzlich fällt mir ein, daß Vater nicht nach Lucy gefragt hat. Er hat überhaupt nichts gefragt. Und ich hätte ihm auch nichts sagen können über Lucy, deren Gesicht in der Erinnerung ein verwischter Fleck bleibt, mit dem ich nicht reden kann. Nur die Schuhe habe ich noch im Koffer. Die blauen Kinderschuhe, die sie vor zehn Jahren für mich gekauft, mir aber nie geschickt hat. Ich kann mir nichts vorstellen, was ich jetzt mehr verabscheue als diese Schuhe. Leise räume ich mein Bettlager zusammen. Die Schuhe lege ich auf den Küchentisch mit der Notiz: *Für Es.* Im Flur, auf der Höhe des Kinderwagens, kehre ich noch mal um. Es geht rasch, und ich schaue nicht hin, als ich die Trennscheibe aus dem Aquarium ziehe.

In der frühen Morgendämmerung trete ich aus dem Haus. Es fahren noch keine Autos, und ich gehe in der Mitte der Straße, auf der weißen Linie, die die Fahrbahn in zwei Spuren teilt; gehe darauf der Stadt entgegen, wie auf einem Faden, der mich langsam, Schritt für Schritt aufwickelt. Von weitem sehe ich das Licht eines Fabrikschlotes. Es blinkt zuverlässig im Zwei-Sekunden-Rhythmus, irgendwo dort wird es ein Zimmer geben, weit oben in einem Hochhaus, wo die Menschen zurücksinken und der Lärm an den Mauern abperlt. Im Fenster würde ich den Himmel sehen, und wenn ich das Fenster öffnete und hinunterschaute, sähe alles winzig und ungefährlich aus wie Spielzeug. In einem Vorort, zwischen Wohnblöcken, liegt ein Park. Schwarze Vögel hängen in den kahlen Ästen. Es fällt der erste Schnee. Zwei alte Frauen sitzen wie ausgestopft dicht aneinandergedrängt auf einer Parkbank. Sie machen den Eindruck, es warm zu haben, und ich bin schon so lange in der Kälte, daß ich sie langsam vergesse.

Als ich mich auf eine Bank neben der ihren setze, blicken sie zu mir herüber; in ihren Augen ist nichts Freundliches. Ich weiß, ich störe sie. Aber ich bleibe trotzdem hier. Und sage ihnen nicht, daß ich zusehen will, wie der Schnee auf den Boden fällt. Solcher, der nicht haften bleibt und eine dicke weiche Schicht bildet, sondern schmilzt, und daß ich deshalb immer auf die nächste Flocke warte, auf den sekundenschnellen Augenblick, in dem sie auftrifft und noch nicht geschmolzen ist. Und gemeinsam mit ihnen hier warten werde, auf die weiße Schicht über dem Boden. Auf die Decke aus Schnee.

Frankfurter  Verlagsanstalt

Zoë Jenny
Der Ruf des Muschelhorns

»Zoë Jenny erzählt in staunenswert sicherem und alles überflüssige aussparendem Ton. Der Roman *Der Ruf des Muschelhorns* entwickelt eine große poetische Sogkraft und beweist eindrucksvoll ihr Talent.«
Spiegel Reporter

». . . ein Aufruf an den Leser, an den Zauber der Dichtung
zu glauben.«
Frankfurter Allgemeine Zeitung

»Zoë Jennys eigenwillige Prosa zieht sofort in ihren Bann.
In klarer, minimalistischer Sprache entwirft sie einen ganz
eigenen Erzählkosmos, bevölkert von lauter Verlorenen.«
Szene Hamburg

»Es ist ein Buch der knappen Sprache, der klaren Bilder,
ein starkes Buch.«
Neue Luzerner Zeitung

Zoë Jenny. »Der Ruf des Muschelhorns«
Roman. Deutsche Erstausgabe
Neue Literatur in der Frankfurter Verlagsanstalt

James Hamilton-Paterson
Seestücke
380 Seiten
btb 72157

James Hamilton-Paterson

Ein Meeresmosaik zum Staunen: Historie, Mythologie, Literatur, Zoologie und Exkurse über die Absurditäten internationaler Fischfangabkommen vereinen sich mit ganz persönlichen Erlebnissen des Autors zu einem Netz lebenspraller Geschichten. »Unbedingt lesens- und verschenkenswert. Kaum ein Buch hat uns das unergründliche Meer so nahegebracht.«
Rheinischer Merkur

Dava Sobel
Längengrad
240 Seiten
btb 72318

Dava Sobel

Dem unbekannten schottischen Uhrmacher John Harrison gelang im 18. Jahrhundert die Lösung des Längengrad-Problems. Trotz aller Intrigen - große Astronome wie Galileo, Newton und Halley suchten den Schlüssel zu dieser damals schwierigsten nautischen Frage in den Gestirnen - setzte sich seine geniale Erfindung durch. »Ein großer Wurf, den man in einem Rutsch verschlingt.« *Die Welt*